全国 CAD 应用培训网络工程设计中心统编教材　李启炎主编

计算机绘图(初级)
习题与上机指导手册
——AutoCAD 2008 版

郝泳涛

李光耀　编著

卫　刚

同濟大学 出版社
TONGJI UNIVERSITY PRESS

内容提要

本书为《计算机绘图(初级)——AutoCAD 2008 版》一书的配套教材,全书分成三篇:第一篇为机械类专业上机实验指导,共有十一个实验;第二篇为建筑类专业上机实验指导,共十个实验;第三篇为绘图习题集,提供了绘图操作习题和笔试习题。

本书的所有实验和上机习题紧紧围绕教材所述内容,通过实验和上机实践习题,旨在提高学生的上机动手能力和实践绘图能力,使他们通过大量的练习掌握计算机绘图的精髓。

图书在版编目(CIP)数据

计算机绘图(初级)习题与上机指导手册:AutoCAD
2008 版/李启炎主编;郝泳涛,李光耀,卫刚编著.—上
海:同济大学出版社,2008.10
　　ISBN 978-7-5608-3831-1

Ⅰ. 计… Ⅱ. ①李… ②郝…③李…④卫… Ⅲ. 计算机
辅助设计—应用软件,AutoCAD 2008—高等学校—教学参
考资料 Ⅳ. TP391.72

中国版本图书馆 CIP 数据核字(2008)第 134104 号

全国 CAD 应用培训网络工程设计中心统编教材

计算机绘图(初级)习题与上机指导手册——AutoCAD 2008 版
主编 李启炎 编著 郝泳涛 李光耀 卫 刚
责任编辑 王建中 责任校对 徐春莲 封面设计 陈益平

出版发行　同济大学出版社　www.tongjipress.com.cn
　　　　　(地址:上海市四平路1239 号 邮编:200092 电话:021—65985622)
经　销　全国各地新华书店
印　刷　同济大学印刷厂
开　本　787mm×1092mm　1/16
印　张　9
印　数　1—6 000
字　数　225 000
版　次　2008 年 10 月第 1 版　2008 年 10 月第 1 次印刷
书　号　ISBN 978-7-5608-3831-1/TP・298

定　价　17.00 元

普及计算机辅助设计

迎接人工智能新时代

宋健

前　言

　　计算机绘图是计算机辅助设计(CAD)的基础之一。设计人员通过创意构思设计出的新产品、新工程,需要形成加工图或者工程图才能付诸生产和施工。因此,计算机绘图是各类各行业工程师和设计人员进行设计工作和创意开发的必须手段和技能,目前随着全国范围的信息化普及和社会生产力的提高,对于各行各业的从事设计开发工作的技术人员,以及即将从事相关工作的在校学生来说,学习计算机绘图、掌握计算机绘图技能的要求越来越迫切。

　　为了更好地统一教学,保证教育质量,"全国 CAD 应用培训网络工程设计中心"统一制定了各科教学大纲,并组织专家统一进行教材的编写工作。《计算机绘图(初级)习题与上机指导手册——AutoCAD 2008 版》是在 CAD 技术迅速发展的过程中,适应 AutoCAD 2008 所出现的新技术、新方法而新编的上机实验指导手册。该书在以往的二维绘图编辑技巧基础上,加入了图纸空间绘图、极轴捕捉等新内容,并在上机实验的内容上进行了修订,同时加入了 45 个课后上机绘图练习,希望能够对于学生的上机练习有所帮助。本书兼顾了建筑类和机械类两个专业的特点,分别组织了实验和练习。

　　本书由全国 CAD 应用培训网络工程设计中心主任李启炎教授主编,同济大学 CAD 研究中心郝泳涛教授、李光耀教授、卫刚讲师共同编写,其中第一篇机械类专业上机实验指导由郝泳涛执笔,第二篇建筑类专业上机实验指导的实验一、二、三、四、五、十由卫刚执笔,实验六、七、八、九由李光耀执笔,第三篇的绘图操作练习由郝泳涛执笔,笔试习题由李光耀执笔。

　　本书在编写过程中得到了同济大学 CAD 研究中心许多同志的关心和帮助,在此表示衷心感谢。

　　由于编写时间和水平有限,欠缺与不足之处在所难免,望广大专家和读者能够给予批评和指正。

编　者

2008 年 4 月

目　录

第一篇　机械设计上机实验

实验一　基本操作

一、实验目的

通过本次实验,掌握在 AutoCAD 2008 中进行基本的操作:命令输入的方法,数据的输入方法,文件的存盘、打开,等等。

二、实验内容和要求

【内容】绘制图 1-1 至图 1-4。

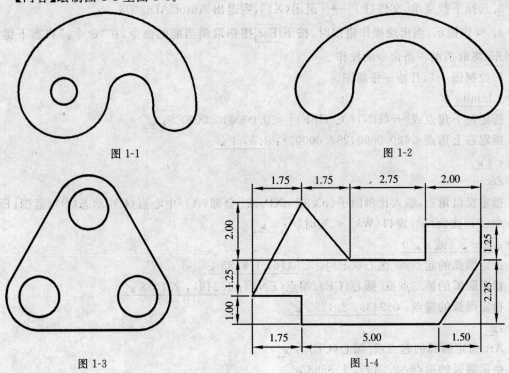

图 1-1

图 1-2

图 1-3

图 1-4

【要求】

1. 各个图形分别绘制,绘制完成后分别存盘。
2. 操作时,注意学习命令的提示方式和输入方法,观察每一步的操作结果。

三、实验指导

1. 开始一张新图的步骤。

方法一：下拉菜单式

选择下拉菜单：[文件(F)]→[新建(N)...]，在弹出的窗口中单击"打开"按钮旁的箭头，选择一个样板打开(O)或英制(I)、公制(M)，然后按下"确定"按钮。

方法二：命令式

在命令行状态下，从键盘键入命令 new，之后弹出窗口，窗口中的操作同方法一。

2. 保存一张图的步骤。

选择下拉菜单：[文件(F)]→[保存(S)]，在弹出的窗口中首先选择正确的文件路径，然后键入文件名字，最后选择文件的存盘格式，一切设置好之后，按下"保存"按钮。你可以自动保存和备份文件。

3. 选择下拉菜单[文件(F)]→[退出(X)]，则退出 AutoCAD 2008。

4. 操作提示：当出现操作错误时，按下 Esc 按钮取消当前的命令，在"命令："状态下键入 U 回车，将取消前一条命令的操作。

5. 绘制图 1-1，开始一张新图。

命令：Limits ↙

　　指定左下角点或[开(ON)/关(OFF)]<0.0000,0.0000>： ↙

　　指定右上角点<420.0000,297.0000>：4.5, 4 ↙

命令：z ↙

　　Zoom

　　指定窗口角点，输入比例因子(nX 或 nXP)或[全部(A)/中心点(C)/动态(D)/范围(E)/上一个(P)/比例(S)/窗口(W)]<实时>：a ↙

命令：Arc ↙（或 a ↙）

　　指定圆弧的起点或[圆心(CE)]：3.5476, 1.6485 ↙

　　指定圆弧的第二点或[圆心(CE)/端点(EN)]：1.3191, 2.7058 ↙

　　指定圆弧的端点：0.9439, 2.1255 ↙

命令：↙

　　Arc 指定圆弧的起点或[圆心(CE)]：↙

　　指定圆弧的端点：2.2495, 1.8668 ↙

命令：↙

　　Arc 指定圆弧的起点或[圆心(CE)]：↙

　　指定圆弧的端点：2.8695, 1.9487 ↙

命令：↙

　　Arc 指定圆弧的起点或[圆心(CE)]：↙

　　指定圆弧的端点：2.9089, 1.6807 ↙

命令：↙

Arc 指定圆弧的起点或[圆心(CE)]：↙

指定圆弧的端点：3.5476,1.6485 ↙

命令：Circle ↙（或 c ↙）

指定圆的圆心或[三点(3P)/两点(2P)/相切、相切、半径(T)]：1.5816,1.9198 ↙

指定圆的半径或[直径(D)]：0.1903 ↙

6. 绘制图 1-2，开始一张新图。

命令：Limits ↙

重新设置模型空间界限：

指定左下角点或[开(ON)/关(OFF)]＜0.0000,0.0000＞：↙

指定右上角点＜420.0000,297.0000＞：12,9 ↙

命令：z ↙

Zoom

指定窗口角点，输入比例因子(nX 或 nXP)或

[全部(A)/中心点(C)/动态(D)/范围(E)/上一个(P)/比例(S)/窗口(W)]＜实时＞：

a ↙

命令：Arc ↙

指定圆弧的起点或[圆心(CE)]：7.4,4.3 ↙

指定圆弧的第二点或[圆心(CE)/端点(EN)]：ce ↙

指定圆弧的圆心：@2＜210 ↙

指定圆弧的端点或[角度(A)/弦长(L)]：@0,2 ↙

命令：↙

Arc 指定圆弧的起点或[圆心(CE)]：↙

指定圆弧的端点：@2＜210 ↙

命令：↙

Arc 指定圆弧的起点或[圆心(CE)]：@ ↙

指定圆弧的第二点或[圆心(CE)/端点(EN)]：ce ↙

指定圆弧的圆心：@0.5＜−30 ↙

指定圆弧的端点或[角度(A)/弦长(L)]：a ↙

指定包含角：210 ↙

命令：↙

Arc 指定圆弧的起点或[圆心(CE)]：↙

指定圆弧的端点：@1.6,0 ↙

命令：↙

Arc 指定圆弧的起点或[圆心(CE)]：↙

指定圆弧的端点：7.4,4.3 ↙

7. 绘制图 1-3，开始一张新图。

命令：Limits ↙

重新设置模型空间界限：

指定左下角点或[开(ON)/关(OFF)]＜0.0000,0.0000＞：↙

指定右上角点＜420.0000,297.0000＞：12,9 ↙

命令：z ↙

    Zoom

    指定窗口角点,输入比例因子(nX 或 nXP)或

    [全部(A)/中心点(C)/动态(D)/范围(E)/上一个(P)/比例(S)/窗口(W)]＜实时＞：

a ↙

命令：l ↙

    Line 指定第一点：5.2, 3.8 ↙

    指定下一点或[放弃(U)]：@1.5,0 ↙

    指定下一点或[放弃(U)]：↙

命令：Arc ↙

    指定圆弧的起点或[圆心(CE)]：@ ↙

    指定圆弧的第二点或[圆心(CE)/端点(EN)]：ce ↙

    指定圆弧的圆心：@0, 0.5 ↙

    指定圆弧的端点或[角度(A)/弦长(L)]：a ↙

    指定包含角：120 ↙

命令：l ↙

    Line 指定第一点：↙

    直线长度：1.5 ↙

    指定下一点或[放弃(U)]：↙

命令：Arc ↙

    指定圆弧的起点或[圆心(CE)]：↙

    指定圆弧的端点：@0.5＜150 ↙

命令：↙

    Arc 指定圆弧的起点或[圆心(CE)]：↙

    指定圆弧的端点：@0.5＜210 ↙

命令：l ↙

    Line 指定第一点：↙

    直线长度：1.5 ↙

    指定下一点或[放弃(U)]：↙

命令：Arc ↙

    指定圆弧的起点或[圆心(CE)]：↙

    指定圆弧的端点：5.2, 3.8 ↙

命令：c ↙

    Circle 指定圆的圆心或[三点(3P)/两点(2P)/相切、相切、半径(T)]：@0, 0.5 ↙

    指定圆的半径或[直径(D)]：0.3 ↙

命令：c ↙

    Circle 指定圆的圆心或[三点(3P)/两点(2P)/相切、相切、半径(T)]：@1.5, 0 ↙

    指定圆的半径或[直径(D)]＜0.3000＞：0.3 ↙

命令：↙

    Circle 指定圆的圆心或[三点(3P)/两点(2P)/相切、相切、半径(T)]：@1.5＜120 ↙

— 6 —

指定圆的半径或[直径(D)]<0.3000>:0.3 ↙

8. 绘制图1-4,开始一张新图。

命令:Limits ↙

重新设置模型空间界限:

指定左下角点或[开(ON)/关(OFF)]<0.0000,0.0000>:↙

指定右上角点<420.0000,297.0000>:12,9 ↙

命令:z ↙

Zoom

指定窗口角点,输入比例因子(nX 或 nXP)或

[全部(A)/中心点(C)/动态(D)/范围(E)/上一个(P)/比例(S)/窗口(W)]<实时>:a ↙

命令:pl ↙

Pline

指定起点:3.5,2 ↙

当前线宽为 0.0000

指定下一点或[圆弧(A)/闭合(C)/半宽(H)/长度(L)/放弃(U)/宽度(W)]:@5<0 ↙

指定下一点或[圆弧(A)/闭合(C)/半宽(H)/长度(L)/放弃(U)/宽度(W)]:@1.5,2.25 ↙

指定下一点或[圆弧(A)/闭合(C)/半宽(H)/长度(L)/放弃(U)/宽度(W)]:@1.25<90 ↙

指定下一点或[圆弧(A)/闭合(C)/半宽(H)/长度(L)/放弃(U)/宽度(W)]:@2<-180 ↙

指定下一点或[圆弧(A)/闭合(C)/半宽(H)/长度(L)/放弃(U)/宽度(W)]:@1.25<-90 ↙

指定下一点或[圆弧(A)/闭合(C)/半宽(H)/长度(L)/放弃(U)/宽度(W)]:@2.75<180 ↙

指定下一点或[圆弧(A)/闭合(C)/半宽(H)/长度(L)/放弃(U)/宽度(W)]:@-1.75,2 ↙

指定下一点或[圆弧(A)/闭合(C)/半宽(H)/长度(L)/放弃(U)/宽度(W)]:@-1.75,-3.25 ↙

指定下一点或[圆弧(A)/闭合(C)/半宽(H)/长度(L)/放弃(U)/宽度(W)]:@1.75<0 ↙

指定下一点或[圆弧(A)/闭合(C)/半宽(H)/长度(L)/放弃(U)/宽度(W)]:c ↙

实验二　绘图编辑命令(一)Line，Circle，Arc

一、实验目的

通过本次实验:

1. 进一步掌握 AutoCAD 2008 基本绘图命令 Line，Arc，Circle 的操作和绘制方法，注意圆弧的方向;

2. 掌握 AutoCAD 2008 坐标系统中的相对直角坐标和相对极坐标的使用方法，并对于实体捕捉中的"基点 From"方式进行使用;

3. 采用极轴捕捉方式进行绘图;

4. 采用栅格方式进行绘图。

二、实验内容和要求

【内容】绘制图 2-1 至图 2-6。

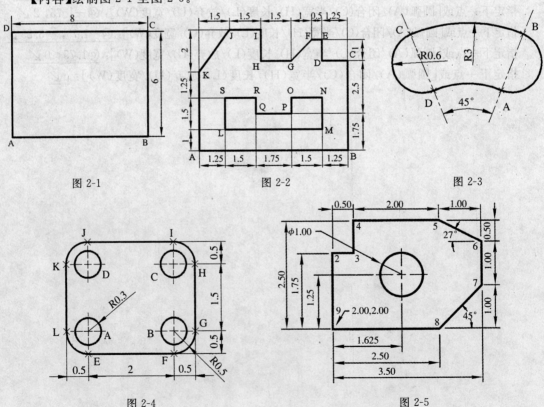

图 2-1　　　　图 2-2　　　　图 2-3

图 2-4　　　　　图 2-5

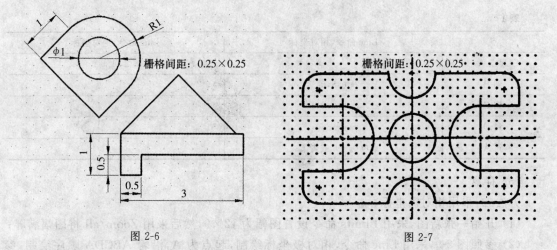

图 2-6

图 2-7

【要求】

1. 采用坐标输入法,绘制图 2-1 至图 2-5;

2. 采用栅格绘制法,绘制图 2-6 和图 2-7;

3. 各个图形分别绘制,绘制完成后分别存盘;

4. 操作时,注意学习命令的提示方式和输入方法,观察每一步的操作结果。

三、实验指导

1. 采用三种方法绘制图 2-1。

方法一:采用相对直角坐标

(1) 开始一张新图,采用 Limits 命令设置图幅为 12×9,然后采用 Zoom/all 将图幅满屏;

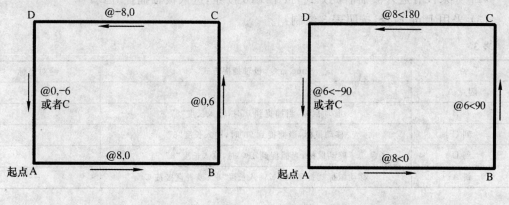

图 2-8   图 2-9

（2）参照图 2-8,采用 Line 命令,相对直角坐标绘制,起点为 A,沿着 ABCDA 顺序绘制,参见表 1:

表1

点	Line命令,相对坐标	Line命令,绝对坐标
起点A		2，1.5
到B	@8,0	
到C	@0,6	
到D	@-8,0	
到A	@0,-6 或者 C	

（3）存盘。

方法二：采用相对极坐标

（1）开始一张新图，采用 Limits 命令设置图幅为 12×9，然后采用 Zoom/all 将图幅满屏；

（2）参照图 2-9，采用 Line 命令，相对极坐标绘制，起点为 A，沿着 ABCDA 顺序绘制，参见表2；

表2

点	Line命令,相对坐标	Line命令,绝对坐标
起点A		2，1.5
到B	@8<0	
到C	@6<90	
到D	@8<180	
到A	@6<-90 或者 C	

（3）存盘。

方法三：采用极轴捕捉方式绘制

（1）开始一张新图，采用 Limits 命令设置图幅为 12×9，然后采用 Zoom/all 将图幅满屏；

（2）如果没有进入极轴捕捉方式，按下 F10 按钮，进入极轴捕捉方式；

（3）采用 Line 命令，按照表3绘制：

表3

点	Line命令,极轴捕捉方式	绝对坐标
起点A		2，1.5
到B	移动鼠标,当捕捉到0°时,输入长度"8"	
到C	移动鼠标,当捕捉到90°时,输入长度"6"	
到D	移动鼠标,当捕捉到180°时,输入长度"8"	
到A	移动鼠标捕捉到270°,输入长度"6";或者直接按C	

（4）存盘。

2．绘制图 2-2。

该图的起点位置为 A(2，1.5)，按照两个阶段绘制：外圈绘制顺序 ABCDEFGHIJKA；内圈绘制顺序 LMNOPQRSL。单独绘制外圈或者内圈时，按照相对坐标的方法绘制即可，外圈的起点位置已知 A(2，1.5)，关键是内圈的起点位置，本练习采用实体捕捉中的"基点 From"方式来解决。

(1) 开始一张新图,采用 Limits 命令设置图幅为 12×9,然后采用 Zoom/all 将图幅满屏;

(2) 参照图 2-2,采用 Line 命令,相对坐标绘制,外圈起点为 A,沿着 ABCDEFGHIJKA 顺序绘制,内圈起点为 L,沿着 LMNOPQRSL 顺序绘制,参见表 4(请注意内圈起点 L 的确定);

表 4

点	Line 命令,相对坐标方式	绝对坐标
起点 A		2, 1.5
到 B	@7.25<0	
到 C	@3.25<90	
到 D	@1.25<180	
到 E	@1<90	
到 F	@0.5<−180	
到 G	@−1,−1	
到 H	@1.5<180	
到 I	@1.5<90	
到 J	@1.5<180	
到 K	@−1.5,−2	
到 A	C(注:外圈结束)	
起点 L	输入 Line 命令提示指定第一点时,同时按下 Shift + 鼠标右键,在弹出的光标菜单中选择"自(F)",之后在命令行输入"end"回车,然后用光标选择 A 点,最后在命令行输入"@1.25,1"回车	
到 M	@4.75<0	
到 N	@1.5<90	
到 O	@1.5<180	
到 P	@0.75<−90	
到 Q	@1.75<180	
到 R	@0.75<90	
到 S	@1.5<180	
到 L	C(注:内圈结束)	

(3) 存盘。

3. 绘制图 2-3。

(1) 开始一张新图,采用 Limits 命令设置图幅为 12×9,然后采用 Zoom/all 将图幅满屏;

(2) 参照图 2-3,采用 Arc 命令,起点为 A,沿着 ABCDA 顺序绘制,参见表 5;

表 5

弧段	ARC 命令，绘制方式与参数		说明
弧 AB	起点	5.5，3.5	A 点
	端点（EN）	@1.2＜67.5	B 点
	半径（R）	0.6	
弧 BC	起点	@	B 点
	圆心（CE）	@3＜247.5	
	角度（A）	45	
弧 CD	起点	回车	C 点
	端点	@1.2＜−67.5	D 点
弧 DA	起点	@	D 点
	端点（EN）	5.5，3.5	A 点
	角度（A）	−45	

（3）存盘。

问题 1：在绘制图 2-3 的过程中，输入圆弧起点时，既可以用"@"，又可以用"回车"，它们有区别吗？

问题 2：在绘制图 2-3 的过程中，最后一段圆弧 DA 的角度（−45）为什么是负的？

4．绘制图 2-4。

（1）开始一张新图，采用 Limits 命令设置图幅为 12×9，然后采用 Zoom/all 将图幅满屏；

（2）参照图 2-4，采用 Circle 命令、Arc 命令和 Line 命令绘制，参见表 6；

表 6

片断	命令	命令、绘制方式与参数	
圆 A	Circle	圆心	4.5，3
		半径（R）	0.3
圆 B	Circle	圆心	输入 Circle 命令提示指定圆心时，同时按下 Shift + 鼠标右键，在弹出的光标菜单中选择"自（F）"，之后在命令行输入"4.5,3"回车，最后在命令行输入"@2＜0"回车
		半径（R）	0.3（或直接回车）
圆 C	Circle	圆心	输入 Circle 命令提示指定圆心时，同时按下 Shift + 鼠标右键，在弹出的光标菜单中选择"自（F）"，之后在命令行输入"4.5,3"回车，最后在命令行输入"@2，1.5"回车
		半径（R）	0.3（或直接回车）
圆 D	Circle	圆心	输入 Circle 命令提示指定圆心时，同时按下 Shift + 鼠标右键，在弹出的光标菜单中选择"自（F）"，之后在命令行输入"4.5,3"回车，最后在命令行输入"@1.5＜90"回车
		半径（R）	0.3（或直接回车）

续表

片断	命令		命令、绘制方式与参数
线段 EF	Line	起点 E	输入 Line 命令提示指定第一点时,同时按下 Shift + 鼠标右键,在弹出的光标菜单中选择"自(F)",之后在命令行输入"4.5,3"回车,最后在命令行输入"@0.5<−90"回车
		到 F	@2<0
弧 FG	Arc	起点	@
		圆心(CE)	@0.5<90
		角度(A)	90
线段 GH	Line	起点 G	回车
		到 H 长度	1.5
弧 HI	Arc	起点	@
		圆心(CE)	@0.5<180
		角度(A)	90
线段 IJ	Line	起点 I	回车
		到 J 长度	2
弧 JK	Arc	起点	@
		圆心(CE)	@0.5<−90
		角度(A)	90
线段 KL	Line	起点 K	回车
		到 L 长度	1.5
弧 LE	Arc	起点	@
		圆心(CE)	@0.5<0
		角度(A)	90

(3) 存盘。

5. 绘制图 2-5。

(1) 开始一张新图,采用 Limits 命令设置图幅为 12×9,然后采用 Zoom/all 将图幅满屏;

(2) 参照图 2-5,采用 Line 命令和 Circle 命令绘制,参见表 7、表 8;

表 7

点	Line 命令,相对坐标方式	绝对坐标
起点 1		2,2
到 2	@1.75<90	
到 3	@0.5<0	
到 4	@0.75<90	
到 5	@2<0	
到 6	@1,−0.5	
到 7	@1<−90	
到 8	@−1,−1	
到 9	@−2.5,0 或者 C	

表 8

圆		Arc 命令,绘制方式与参数	说明
直径 1 的圆	圆心	输入 Circle 命令提示指定圆心时,同时按下 Shift + 鼠标右键,在弹出的光标菜单中选择"自(F)",之后在命令行输入"2,2"回车,最后在命令行输入"@1.625,1.25"回车	采用实体捕捉中的"基点 From"方式进行绘制
	半径(R)	0.5	

(3) 存盘。

6. 绘制图 2-6。

(1) 开始一张新图,采用 Limits 命令设置图幅为 12×9,然后采用 Zoom/all 将图幅满屏;

(2) 本步骤设置捕捉和栅格的间距为 0.25×0.25。选择下拉菜单:[工具(T)] → [草图设置(A)...],在弹出的"草图设置"窗口中,进入"捕捉和栅格"页,选择"启用捕捉",并把"捕捉 x 轴间距"和"捕捉 y 轴间距"都设置成"0.25",再选择"启用栅格",并把"栅格 x 轴间距"和"栅格 y 轴间距"都设置成"0.25",最后按下"确定"按钮;

(3) 调用 Line 命令,移动光标在栅格上定点,绘制如图 2-10 的形状。注意 A 点的位置是:x=7,y=3.25;

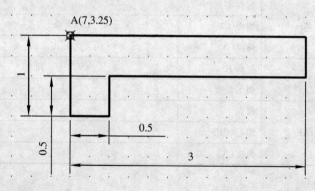

图 2-10

(4) 本步骤设置捕捉的角度和基点。在命令行输入 UCS ↙→Z ↙→45 ↙(将角度设为 45°),然后选择下拉菜单:[工具(T)] → [新建 UCS]→[原点],再命令行输入(7,3.25)↙(或直接选中 A 点);

(5) 绘制图 2-11 所示的形状;

(6) 调用 Linetype 命令,设置线型为 Center,绘制中心线;调用 Linetype 命令,设置线型为 Dashed,绘制虚线,得到图 2-12;

(7) 存盘。

7. 绘制图 2-7。

(1) 开始一张新图,采用 Limits 命令设置图幅为 12×9,然后采用 Zoom/all 将图幅满屏;

(2) 本步骤设置捕捉和栅格的间距为 0.25×0.25。选择下拉菜单:[工具(T)] → [草图设置(A)...],在弹出的"草图设置"窗口中,进入"捕捉和栅格"页,选择"启用捕捉",并把"捕捉 x 轴间距"和"捕捉 y 轴间距"都设置成"0.25",再选择"启用栅格",并把"栅格 x 轴间距"和"栅格 y 轴间距"都设置成"0.25",最后按下"确定"按钮;

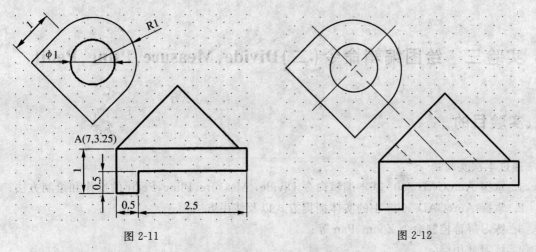

图 2-11 图 2-12

（3）调用 Line 命令、Arc 命令、Circle 命令，移动光标在栅格上定点，绘制如图 2-7 的形状。

实验三 绘图编辑命令(二)Divide,Measure,Pline,Pedit

一、实验目的

通过本次实验:

1. 掌握 AutoCAD 2008 基本编辑命令 Divide,Measure,Pline,Pedit 的操作和绘制方法;
2. 掌握 AutoCAD 2008 中的实体捕捉方式以及使用方法;
3. 练习屏幕控制命令 Zoom,Pan 等;
4. 练习使用层。

二、实验内容和要求

【内容】绘制图 3-1 至图 3-5。

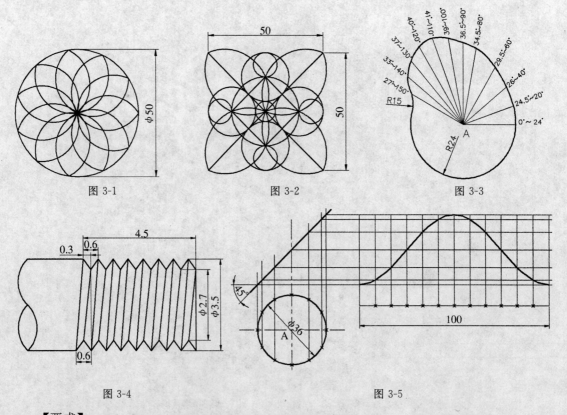

图 3-1　　　　　　　　　图 3-2　　　　　　　　　图 3-3

图 3-4　　　　　　　　　　　　图 3-5

【要求】

1. 各个图形分别绘制在各自的图层上,图层名字为各个图号;

2. 各个图形分别绘制,绘制完成后分别存盘;

3. 操作时,注意学习命令的提示方式和输入方法,观察每一步的操作结果。

三、实验指导

1. 绘制图 3-1。

(1) 开始一张新图,单击界面右上角"图层管理器"按钮,新建图层"图 3-1",设置该层的线宽为 0.25,颜色为绿色,并使该层成为当前层;

(2) 采用 Limits 命令设置图幅为 150×100,然后采用 Zoom/all 将图幅满屏;

(3) 在屏幕的合适位置绘制一个直径为 50 的圆,如图 3-6 所示;

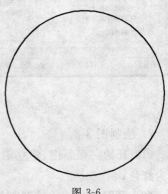

图 3-6

(4) 设置点样式:进入下拉菜单 [格式(O)] → [点样式 (P)...],在弹出的点样式窗口中,选择点的形状和大小,如图 3-7 所示;

(5) 采用 Divide 命令将这个直径 50 的圆等分成 11 份,如图 3-8 所示;

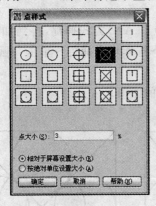

图 3-7

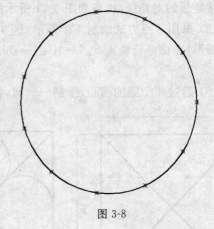

图 3-8

(6) 设置自动实体捕捉模式:进入下拉菜单 [工具(T)] → [草图设置(A)...],在弹出的草图设置窗口中,选择"对象捕捉"选项卡,去除其他选项,选择"圆心(C)"和"节点(D)",并勾选"启用对象捕捉模式",最后按下"确定"按钮,如图 3-9 所示;

(7) 采用 Arc 命令绘制圆弧,采用 3 点方式绘制该圆弧,三个点可以自动由光标捕捉:第一点:一个等分点(节点),第二点:直径 50 的圆心,第三点:相对于第一点为第三个等分点(节点),如图 3-10 所示;

(8) 重复第 7 步的操作,一共绘制 11 条圆弧,得到如图 3-1 所示的图形;

(注:后面由于圆心过多,可能很难选中本来的圆心。这时可以先按 shift+鼠标右键,在弹出的对话框中选中交点捕捉即可)

(9) 存盘。

图 3-9

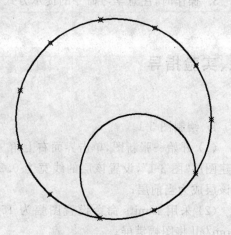

图 3-10

2. 绘制图 3-2。

（1）开始一张新图，建立图层"图 3-2"，并使该层成为当前层，设置该层的线宽为 0.25，颜色为红色；

（2）采用 Limits 命令设置图幅为 150×100，然后采用 Zoom/all 将图幅满屏；

（3）在屏幕的合适位置绘制 50×50 的矩形，然后采用交点（INT）或者端点（END）捕捉方式连接矩形的对角线，得到如图 3-11 所示的图形；

（4）采用 3 点方式绘制 4 个圆形，这 3 个点采用切点（TAN）方式捕捉，得到如图 3-12 所示的图形（在命令行输入 c↙→3P↙→shift＋鼠标右键→选择切点捕捉→单击与圆相切的直线）；

（5）通过 4 个圆的圆心，绘制一个圆，如图 3-13 所示的图形；

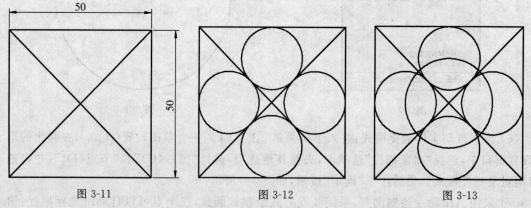

图 3-11   图 3-12   图 3-13

（6）通过 4 个圆的圆心，绘制一个矩形，如图 3-14 所示的图形（可选择象限点捕捉）；

（7）采用 2 点法，绘制 4 个小圆，这两个点可以采用"圆心（CEN）和切点（TAN）"或者"切点（TAN）和切点（TAN）"捕捉，然后绘制中心位置的小圆，采用 3 点方式绘制，这 3 点都采用切点（TAN）方式捕捉，得到如图 3-15 所示的图形；

（8）采用 3 点方式绘制一段圆弧，这 3 个点的位置如图 3-16 所示，这 3 点可以采用"交点（INT）"方式捕捉，如图 3-16 所示的图形；

图 3-14

图 3-16

图 3-15

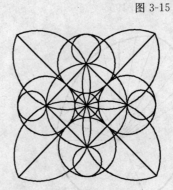

图 3-17   图 3-18

（9）重复第 8 步的操作（可采用镜像法绘制：单击界面右侧"镜像"按钮，按照提示选择要复制的对象✓→镜像线✓），绘制 8 条圆弧，得到如图 3-17 所示的图形；

（10）最后，删掉第 1 步绘制的矩形外框（选中矩形外框，单击 Delete），完成绘制，得到如图 3-18 所示的图形；

（11）存盘。

3. 绘制图 3-3。

（1）开始一张新图，建立图层"图 3-3"，并使该层成为当前层，设置该层的线宽为 0.25，颜色为青色；

（2）采用 Limits 命令设置图幅为 100×100，然后采用 Zoom/all 将图幅满屏；

（3）参照图 3-19，将屏幕的合适位置作为起点 A，然后按照各条线段的长度和角度绘制 12 条线段，得到如图 3-19 所示的图形；

（4）采用 Pline 命令，设置自动捕捉端点方式，用 Pline 连接各个线段的端点，得到如图 3-20 所示的图形；

（5）采用 Pedit 命令，用 Fit 方式拟合第 4 步生成的 Pline，得到一条光滑曲线，如图 3-21 所示；

（6）采用 Arc 命令，以 A 点为圆点，R＝24，绘制半圆，如图 3-22 所示；

（7）用 Explode 命令，将第 5 步生成的曲线打碎，然后，调用 Fillet 命令，倒出一个半径为 15 的倒圆角，得到如图 3-23 所示的图形；

（8）存盘。

4. 绘制图 3-4。

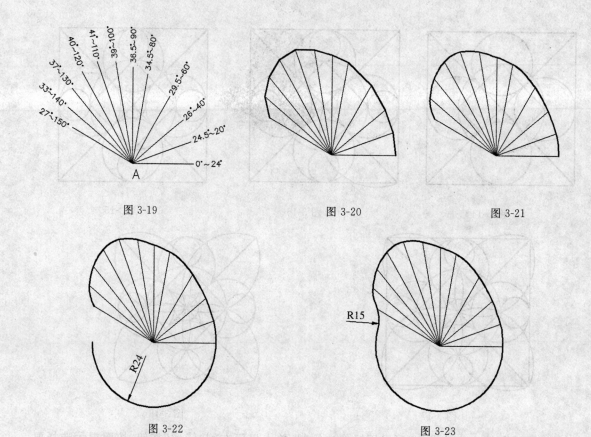

图 3-19   图 3-20   图 3-21

图 3-22   图 3-23

（1）开始一张新图，建立图层"图 3-4"，并使该层成为当前层，设置该层的线宽为 0.25，颜色为紫色；

（2）采用 Limits 命令设置图幅为 12×9，然后采用 Zoom/all 将图幅满屏；

（3）参照图 3-24，在屏幕的合适位置绘制 4 根平行线，尺寸如图 3-24；

（4）设置点样式：进入下拉菜单［格式(O)］→［点样式(P)...］，在弹出的点样式窗口中，选择点的形状和大小，如图 3-7 所示；

（5）采用 Measure 命令，对这 4 根线进行分段，从右向左，按照 0.3 一段，进行等分，如图 3-25 所示；

（6）设置自动实体捕捉模式：进入下拉菜单［工具(T)］→［草图设置(A)...］，在弹出的草图设置窗口中，选择"节点(D)"，并勾选"启用对象捕捉模式"，最后按下"确定"按钮，如图 3-9 所示；

（7）采用 Line 命令，进行连线，注意连接的是各个等分点（采用"节点(D)"捕捉），如图 3-26 所示；

（8）采用 Line 命令，进行连线，注意连接的是各个等分点（采用"节点(D)"捕捉），如图 3-27 所示；

（9）删除 2 条齿根线，以及线上的等分点，如图 3-28 所示；

（10）修剪 2 条齿顶线，并删除线上的等分点，在右端补上一条垂直线段，并删除多余部分，如图 3-29 所示；

（11）在左端补上一条垂直线段，然后根据线段的中点和 2 个端点，绘制 3 条 90°的圆弧，如图 3-30 所示；

— 20 —

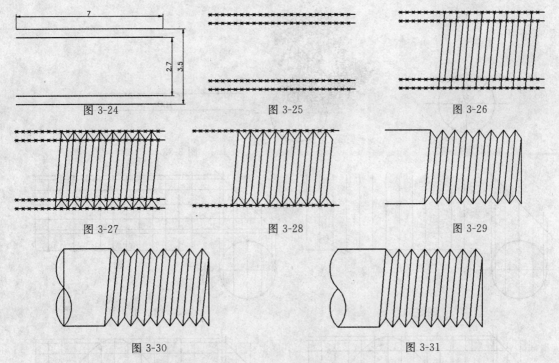

图 3-24   图 3-25   图 3-26

图 3-27   图 3-28   图 3-29

图 3-30   图 3-31

（12）删除第 11 步在左端补上的一条垂直线段，得到如图 3-31 所示的图形；

（13）存盘。

5. 绘制图 3-5。

（1）开始一张新图，建立图层"图 3-5"，并使该层成为当前层，设置该层的线宽为 0.25，颜色为黄颜色；

（2）建立图层"中心线层"，将该层的线型设置成"CENTER2"，线型比列设成"0.6"，颜色为绿色，线宽为 0.15（设置线型比例：下拉菜单［格式(O)］→［线型(N)］，在弹出的窗口中选中要修改的线型，在旁边直接输入"当前线型比例"为 0.6 即可）；

（3）采用 Limits 命令设置图幅为 200×150，然后采用 Zoom/all 将图幅满屏；

（4）设置点样式：进入下拉菜单［格式(O)］→［点样式(P)...］，在弹出的点样式窗口中，选择点的形状和大小，如图 3-7 所示；

（5）参照图 3-32，在屏幕的合适位置绘制一个直径为 36 的圆，然后采用 Divide 命令将该圆分成 12 等分，注意，该圆的两条中心线在"中心线层"图层，如图 3-32 所示；

（6）在该圆的上方绘制一条 45°角的斜线，在该圆的右侧、45°角的斜线的下方，绘制一条长 100 的水平线段，然后采用 Divide 命令将该直线段分成 12 等分，得到如图 3-33 所示的图形；

（7）设置自动实体捕捉模式：进入下拉菜单［工具(T)］→［草图设置(A)...］，在弹出的草图设置窗口中，选择"节点(D)"，并勾选"启用对象捕捉模式"，最后按下"确定"按钮，如图 3-9 所示；

（8）通过圆的 12 个等分点（"节点(D)"捕捉），向上绘制垂线，并与 45°角斜线相交，然后，通过直线的 12 个等分点（"节点(D)"捕捉），向上绘制垂线（长度应超过 45°角的斜线），如图 3-34 所示；

（9）通过 45°角斜线上的交点（捕捉"交点 INT"），向右方绘制水平线，如图 3-35；

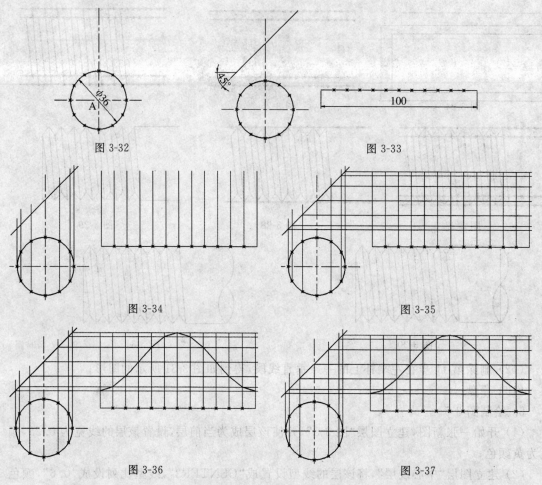

图 3-32

图 3-33

图 3-34

图 3-35

图 3-36

图 3-37

（10）采用 Pline 命令，连接形成的各个交点（捕捉"交点 INT"），如图 3-36；

（11）采用 Pedit 命令，采用 Fit 方式拟合第 10 步的 Pline 折线，形成光滑曲线，如图 3-37；

（12）存盘。

实验四　绘图编辑命令(三)

Rectang，Polygon，Ellipse，Solid，Erase，Oops，Move，Copy，Offset，Mirror，Array，Break，Trim

一、实验目的

通过本次实验：

1. 掌握 AutoCAD 2008 基本编辑命令 Rectang，Polygon，Ellipse，Solid，Erase，Oops，Move，Copy，Offset，Mirror，Array，Break，Trim 的操作和绘制方法；

2. 掌握 AutoCAD 2008 中的点过滤方式以及使用方法。

二、实验内容和要求

【内容】绘制图 4-1 至图 4-6。

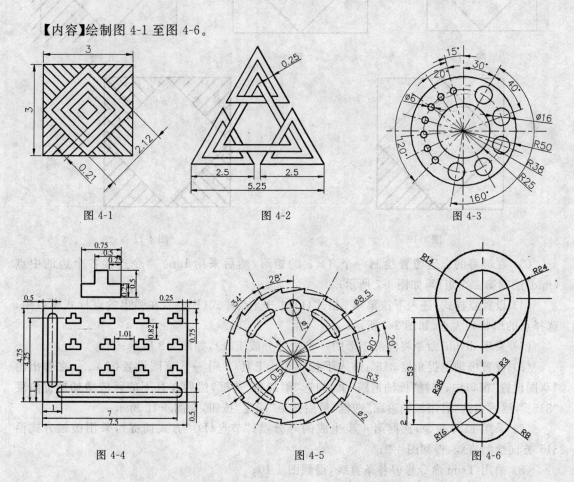

图 4-1　　　　　　　　　图 4-2　　　　　　　　　图 4-3

图 4-4　　　　　　　　　图 4-5　　　　　　　　　图 4-6

【要求】

1. 各个图形分别绘制，绘制完成后分别存盘；

2. 操作时，注意学习命令的提示方式和输入方法，观察每一步的操作结果。

三、实验指导

1. 绘制图 4-1。

（1）开始一张新图，建立图层"图 4-1"，并使该层成为当前层，设置该层的线宽为 0.25，颜色为绿色；

（2）采用 Limits 命令设置图幅为 10×10，然后采用 Zoom/all 将图幅满屏；

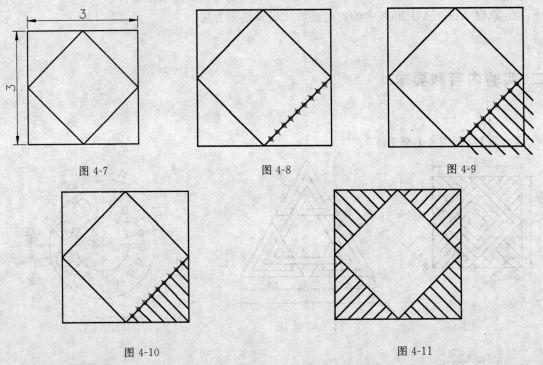

图 4-7　　　　　　　　　　图 4-8　　　　　　　　　　图 4-9

图 4-10　　　　　　　　　　　　　　　　图 4-11

（3）在屏幕的合适位置绘制一个 3×3 的矩形，然后采用 Line 命令连接各个边的中点（mid）绘制第二个矩形，如图 4-7 所示；

（4）设置点样式：进入下拉菜单 [格式(O)] → [点样式(P)...]，在弹出的点样式窗口中，选择点的形状和大小，如图 3-7 所示；

（5）采用 divide 命令将内部矩形的一条边等分成 10 份，如图 4-8 所示；

（6）设置极轴捕捉角度 315°：进入下拉菜单 [工具(T)] → [草图设置(A)...]，在弹出的"草图设置"窗口中，选择"极轴追踪"页，勾选"附加角"选框，然后在其下的区域增加捕捉角度"315°"，然后勾选"启用极轴追踪"选框，最后按下"确定"按钮，如图 4-12 所示；

（7）采用 Line 命令，捕捉第 4 步生成的等分点（"节点(D)"方式捕捉），采用极轴方式沿 315°方向绘制直线，得到图 4-9；

（8）采用 Trim 命令修剪各条直线，得到图 4-10；

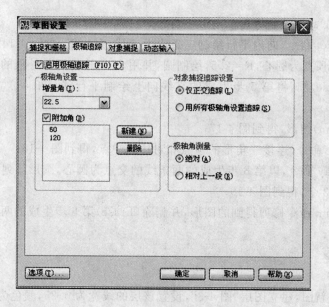

图 4-12

步骤:在命令行输入 Trim(或选择下拉菜单[修改(M)]→[修剪(T)])→选择对象:矩形框↙→选择要修改的对象:逐一单击要修剪的线段↙;

(9)采用 Array 命令,环形阵列,选择对象:第8步生成的图形,数目:4个,拾取中心点:矩形的几何中心,采用点过滤方式获取(.x 和 .yz)得到图 4-11;

提示(点过滤):Shift+鼠标右键→点过滤器→.x→单击矩形上(下)边框中点,以同样步骤确定.yz

(10)存盘。

2.绘制图 4-2。

(1)开始一张新图,建立图层"图 4-2",并使该层成为当前层,设置该层的线宽为 0.25,颜色为黄色;

(2)采用 Limits 命令设置图幅为 10×10,然后采用 Zoom/all 将图幅满屏;

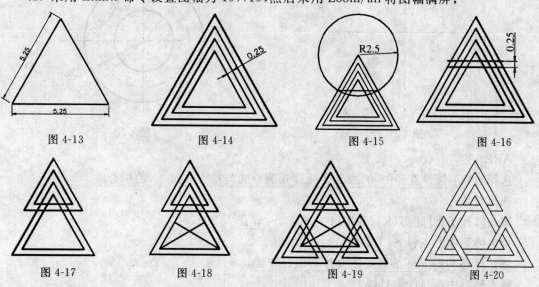

图 4-13　　　　　图 4-14　　　　　图 4-15　　　　　图 4-16

图 4-17　　　　　图 4-18　　　　　图 4-19　　　　　图 4-20

（3）采用 Pline 命令绘制等边三角形,边长为 5.25,如图 4-13；

（4）采用 Offset 命令,向内平行绘制三条边框,间距为 0.25,如图 4-14；

（5）以外框的顶点为圆心,R＝2.5,绘制圆,并用 Line 连接圆与外框的交点,如图 4-15；

（6）删除（Erase）圆,将第 5 步生成的直线向上绘制平行线（Offset）,间距为 0.25,如图 4-16；

（7）修剪（Trim）图形,得到图 4-17；

（8）采用 Line 命令,连接三角形的顶点和对边的中点,得到图 4-18；

（9）采用 Array 命令,以第 8 步生成的两条线的交点为圆心,圆形阵列第 7 步生成的图形的上半部分,数量 3 个,得到图 4-19；

（10）采用 Trim 命令修剪得到的图形,并删除（Erase）第 8 步生成的两条线,得到图 4-20,完成绘制；

（11）存盘。

3. 绘制图 4-3。

（1）开始一张新图,建立图层"图 4-3",设置该层的线宽为 0.25,颜色为青色；

（2）采用 Limits 命令设置图幅为 150×150,然后采用 Zoom/all 将图幅满屏；

（3）建立图层"中心线",设置该层的线宽为零,线型为 Center,线型比例为 0.5,颜色为黄色；

（4）在"中心线"图层绘制两条中心线,如图 4-21；

（5）在"中心线"图层绘制半径为 38 的圆,在"图 4-3"图层绘制半径为 50 的圆和半径为 25 的圆,然后在"中心线"图层绘制与垂直方向角度为－30°的线段,最后在"图 4-3"图层绘制直径为 16 的圆,得到图 4-22；

（6）参照图 4-22,进行 160°圆形阵列,具体方法为：

命令：ar

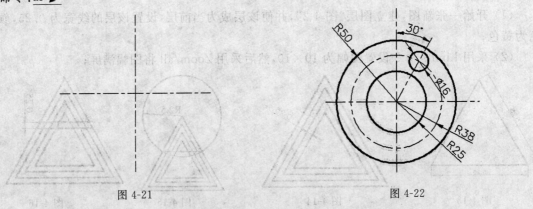

图 4-21　　　　　　　　　　　　　　　图 4-22

ARRAY

选择对象：选择直径 16 的圆以及通过其圆心的与垂直方向 30°的中心线

选择对象：

输入阵列类型［矩形（R）/环形（P）］＜P＞：p

指定阵列中心点：cen

将光标移动到 R25 的圆周上并按下鼠标左键

输入阵列中项目的数目：

指定填充角度（＋＝逆时针，－＝顺时针）＜360＞：－160 ✓

项目间的角度：40 ✓

是否旋转阵列中的对象？［是（Y）/否（N）］＜Y＞：Y ✓

得到图 4-23；

（7）在"中心线"图层绘制与垂直方向角度为 15°的线段，然后在"图 4-3"图层绘制直径为 6 的圆，得到图 4-24；

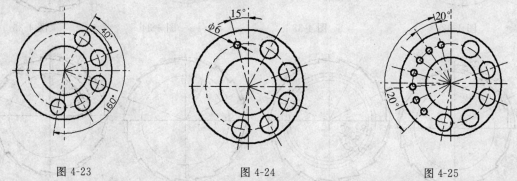

图 4-23   图 4-24   图 4-25

（8）采用与第 6 步相似的方法，以 20°为间隔，120°为填充角度，阵列直径为 6 的圆以及中心线，得到图 4-25；

（9）存盘。

4. 绘制图 4-4。

请参考图 4-26 到图 4-31 的过程进行绘制。

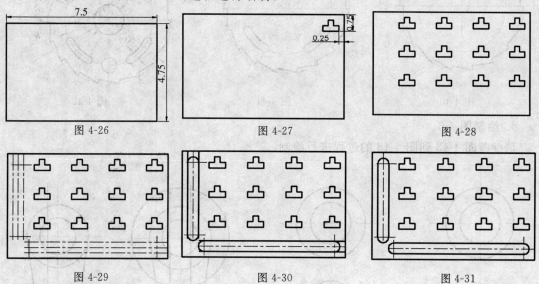

图 4-26   图 4-27   图 4-28

图 4-29   图 4-30   图 4-31

5. 绘制图 4-5。

请参考图 4-32 到图 4-42 的过程进行绘制。

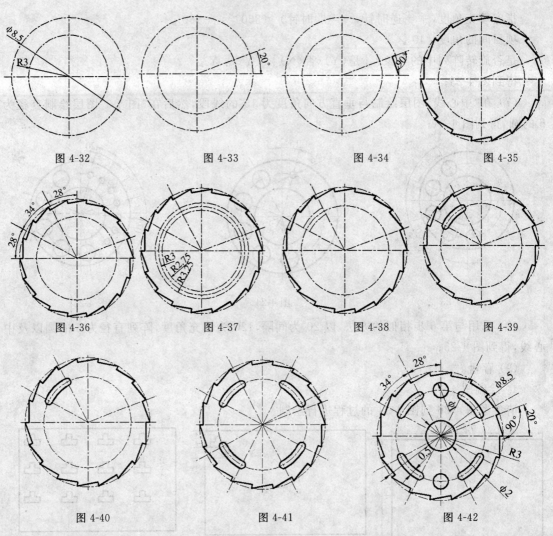

图 4-32 图 4-33 图 4-34 图 4-35

图 4-36 图 4-37 图 4-38 图 4-39

图 4-40 图 4-41 图 4-42

6. 绘制图 4-6。

请参考图 4-43 到图 4-48 的过程进行绘制。

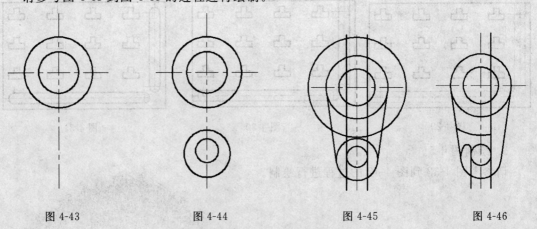

图 4-43 图 4-44 图 4-45 图 4-46

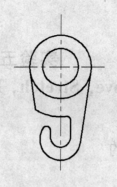

图 4-47   图 4-48

实验五　绘图编辑命令(四)
Move，Stretch，Extend，Scale，Fillet，Chamfer

一、实验目的

通过本次实验：

1. 掌握 AutoCAD 2008 编辑命令 Move，Stretch，Extend，Scale，Fillet，Chamfer 的操作和绘制方法；

2. 掌握 AutoCAD 2008 中的点过滤方式以及使用方法。

二、实验内容和要求

【内容】绘制图 5-1 至图 5-4。

【要求】

1. 各个图形分别绘制，绘制完成后分别存盘；

2. 操作时，注意学习命令的提示方式和输入方法，同时注意学习零件的绘制规划过程，观察每一步的操作结果。

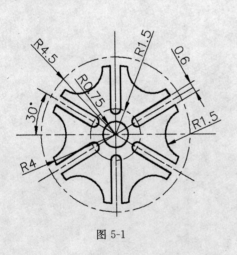

图 5-1

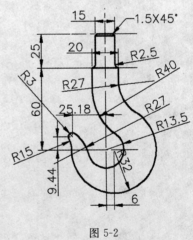

图 5-2

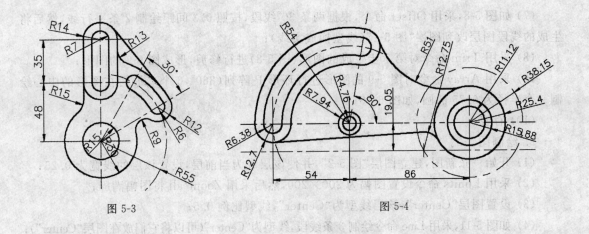

图 5-3   图 5-4

三、实验指导

1. 绘制图 5-1。

（1）开始一张新图，建立图层"图 5-1"，并使该层成为当前层，设置该层的线宽为 0.25；

（2）采用 Limits 命令设置图幅为 20×20，然后采用 Zoom/all 将图幅满屏；

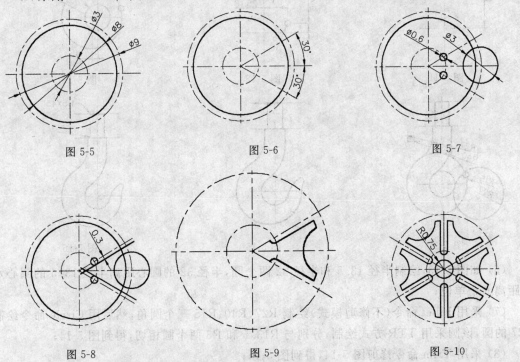

图 5-5   图 5-6   图 5-7

图 5-8   图 5-9   图 5-10

（3）设置图层"Center"，该层线型为"Center"，线型比例 0.04；

（4）如图 5-5，采用 Circle 命令绘制 3 个同心圆，直径为 3、8、9，其中有 2 个圆的线型为"Center"（可以将它们放在图层"Center"）；

（5）从圆心出发，绘制 2 条 Center 线型的线段，角度为 30°和 −30°，如图 5-6；

（6）如图 5-7，通过圆与线的 3 个交点，采用"Circle"命令绘制 3 个圆；

（7）如图 5-8，采用 Offset 命令，根据两条 30°线段，按照 0.3 间距绘制 2 条平行线，然后将生成的线段图层改到图层"图 5-1"（线型换成实线）；

（8）采用 Trim 命令对第 7 步生成的图形（图 5-8）进行修剪，形成图 5-9 的图形；

（9）采用 Array 命令对图 5-9 的图形进行环形 P 阵列（360°,6 个），最后在图形的中心绘制一个半径为 0.75 的圆，如图 5-10；

（10）存盘。

2. 绘制图 5-2。

（1）开始一张新图，建立图层"图 5-2"，并使该层成为当前层，设置该层的线宽为 0.25；

（2）采用 Limits 命令设置图幅为 200×200，然后采用 Zoom/all 将图幅满屏；

（3）设置图层"Center"，该层线型为"Center"，线型比例 0.5；

（4）如图 5-11，采用 Line 命令绘制 3 条线段，线型为"Center"（可以将它们放在图层"Center"）；

（5）如图 5-12，采用 Offset 命令，根据垂直的中心线以间距 7.5(15/2)和间距 10(20/2)绘制平行线，然后连线（Line）、修剪（Trim），得到图 5-12 的上半部分，最后，采用 Circle 命令在如图 5-12 所示的位置绘制一个半径为 3 的圆（采用 from 捕捉）；

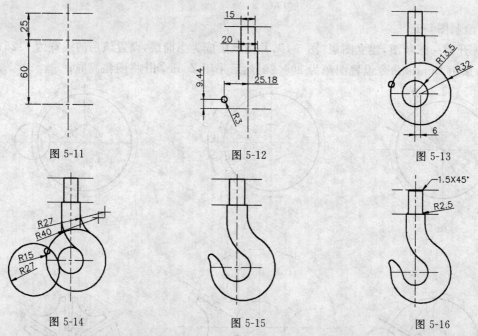

图 5-11   图 5-12   图 5-13

图 5-14   图 5-15   图 5-16

（6）如图 5-13，绘制半径 13.5 和半径 32 两个圆，半径 32 的圆心距离半径 13.5 的圆心水平距离 6 个单位；

（7）采用 Fillet 命令（不修剪模式）绘制 R27、R40、R15 三个圆角，然后用 Circle 命令绘制 R27 的圆，该圆采用 TTR 方式绘制，分别与 R13.5 和 R3 两个圆相切，得到图 5-14；

（8）采用 Trim 命令修剪图 5-14，得到图 5-15；

（9）采用 Fillet（不修剪模式）和 Chamfer（不修剪模式）命令，进行倒圆角和倒角，然后用 Trim 命令修剪，得到图 5-16；

提示：选择倒角命令→R（输入圆角半径）→T→选择 N（不修剪模式）→选择要倒角的对象。

（10）存盘。

3. 绘制图 5-3。

（1）开始一张新图,建立图层"图 5-3",并使该层成为当前层,设置该层的线宽为 0.25;

（2）采用 Limits 命令设置图幅为 200×200,然后采用 Zoom/all 将图幅满屏;

（3）设置图层"Center",该层线型为"Center",线型比例 0.5;

（4）如图 5-17,采用 Line 命令绘制 3 条线段,线型为"Center"(可以将它们放在图层"Center");

（5）如图 5-18,采用 Line 命令绘制两条夹角 30°线段,线型为"Center"(可以将它们放在图层"Center"),再用 Arc 命令绘制 R55 的圆弧,线型也为"Center";

（6）如图 5-19,采用 Circle 命令在各个交点处绘制圆形,注意圆形为实线型,并绘制在图层"图 5-3";

（7）参照图 5-20,采用 Offset 命令,根据垂直的中心线和 R55 圆弧来绘制平行线,然后将得到的平行线转换到图层"图 5-3";

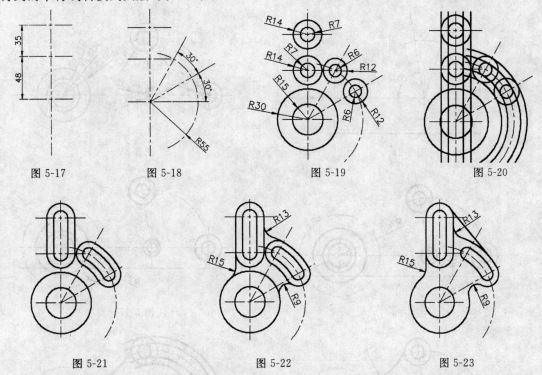

图 5-17　　　　图 5-18　　　　　图 5-19　　　　　图 5-20

图 5-21　　　　　　　图 5-22　　　　　　　图 5-23

（8）采用 Trim 命令,对第 7 步生成的图形(图 5-20)进行修剪,得到图 5-21;

（9）采用 Fillet 命令(不修剪模式)得到 R13、R15、R9 三个圆弧,然后,如果必要,再用 Extend 命令补上缺口,得到图 5-22;

（10）采用 Fillet,Erase 命令修剪、删除不要的圆弧和线段,最后用 Line 绘制图形右上角的切线(实体捕捉切点 TAN),见图 5-23;

（11）存盘。

4．绘制图 5-4。

（1）开始一张新图,建立图层"图 5-4",并使该层成为当前层,设置该层的线宽为 0.25;

（2）采用 Limits 命令设置图幅为 420×297,然后采用 Zoom/all 将图幅满屏;

（3）设置图层"Center",该层线型为"Center",线型比例 0.5;

（4）如图 5-24,采用 Line 命令,线型为"Center"(可以将它们放在图层"Center"),按照 54、86 的水平间距绘制 4 条线段,然后从中间的交点开始,绘制 1 条 80°的斜线,最后以中间的

交点为圆心,半径为54,来绘制圆弧,如图 5-24 所示;

(5)如图 5-25,采用 Circle 命令,以各个交点为圆心,绘制各个圆,得到图 5-25;

(6)采用 Offset 命令,以 19.05 为间距,绘制水平中心线的平行线,然后以线型为"Center"(可以将它们放在图层"Center")来绘制直径 76.3 的圆,如图 5-26 所示;

(7)采用 Circle 命令,绘制直径 25.5 的圆,圆心为直径 76.3 的圆与水平中心线的交点;

(8)采用 Line 命令绘制图 5-28 中的切线,采用 Arc 命令,绘制 R51 的切弧(必要时采用 Trim 修剪),得到图 5-28;

(9)采用 Offset 命令绘制图 5-29 中的 4 条平行圆弧(图层要改到图层"图 5-4");

(10)最后采用 Trim 命令对图 5-29 进行修剪,得到图 5-30;

(11)存盘。

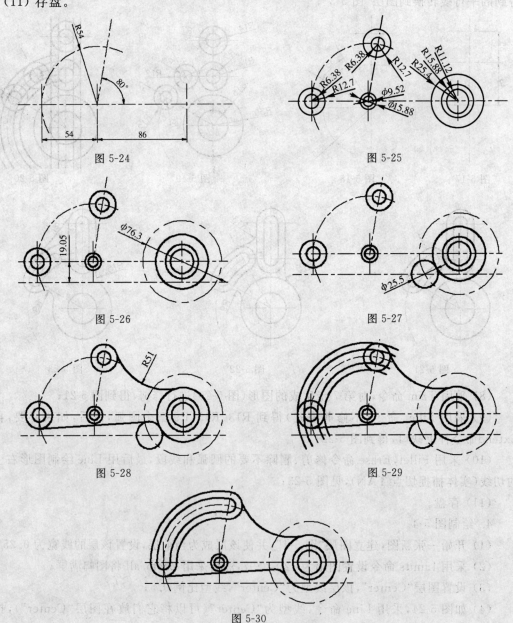

图 5-24

图 5-25

图 5-26

图 5-27

图 5-28

图 5-29

图 5-30

实验六　图　块

一、实验目的

通过实验：

1. 学会用 Block,Wblock,和 Insert 命令定义图块、保存图块和插入图块；
2. 掌握图块的更新与修改；
3. 掌握插入图块时修改比例的方法；
4. 掌握 Measure,Divide 命令使用块的方法；
5. 理解使用块来提高绘图效率的方法。

二、实验内容和要求

【内容】

绘制图 6-1 至 6-8 所示图形。

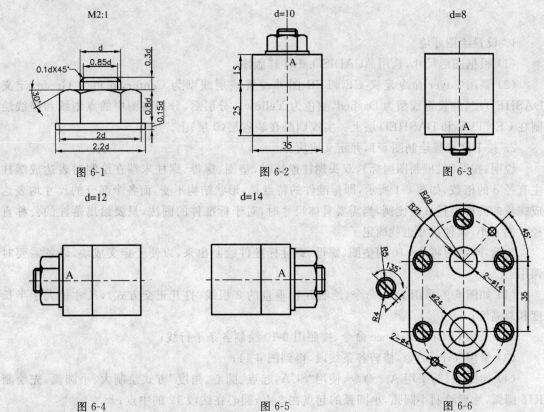

图 6-1　　图 6-2　　图 6-3

图 6-4　　图 6-5　　图 6-6

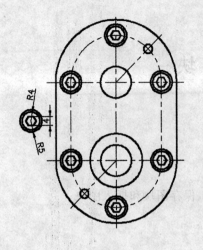

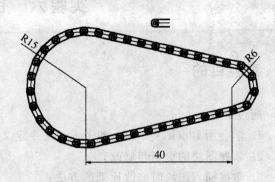

图 6-7   图 6-8

【要求】

1. 按图形尺寸及位置，把图 6-1 至图 6-8 画在同一幅屏幕上；

2. 图形绘制后，存盘；

3. 各图按线形类别分层绘制。

三、实验指导

1. 设置绘图环境

（1）根据图形尺寸，选用 ACADISO. dwt 样版图。

（2）调用 Layer 命令定义 CENTER 图并设置该层线型为 Center，颜色为 Green；定义 DASHED 层，并设置线型为 Dashed，颜色为 Yellow。分层后，分别将图中的点划线和虚线绘制在 CENTER 和 DASHED 层上。实线则画在缺省层(0 层)上。

2. 按下列步骤绘制图 6-1，并定义成块。

说明：按照《机械制图国标》，双头螺柱连接时，垫圈、螺母、螺柱末端在绘制时表达成螺柱主直径 d 的倍数，如图 6-1 所示，即标准件的特点是：形状结构不变，而各个部分的尺寸均表达成螺柱的公称直径 d 的比例，当需要具体尺寸时，对于标准件的画法，只要给出落注的公称直径 d 的大小，其他尺寸也就确定了。

为此，本练习将 d＝10 的垫圈、螺母、螺柱标准件绘制出来，以便于定义成块，以备需要时调用。

（1）如图 6-9，采用 Line 命令，绘制互相垂直的 2 根线（打开正交方式），尺寸稍大于半长度和总高度；

（2）采用 Offset/Distance 命令，按照图 6-10 绘制各条平行线；

（3）采用 Trim 命令，修剪各条线段，得到图 6-11；

（4）如图 6-12，采用 Arc 命令，使用"SCA：起点、圆心、角度"方式绘制大、小圆弧，先绘制 R15 圆弧，然后绘制小圆弧，小圆弧的起点在 3 点，圆心在线段 12 的中点；

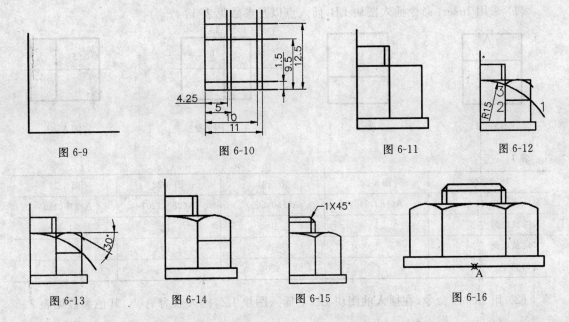

图 6-9　　　　　图 6-10　　　　　图 6-11　　　　　图 6-12

图 6-13　　　　　图 6-14　　　　　图 6-15　　　　　图 6-16

（5）如图 6-13，采用 Line 命令，绘制一条 30°，并与小圆相切的线段，该线段的起点可以采用切点（Tan）方式捕捉；

（6）如图 6-14，采用 Trim 命令，对于图 6-13 进行修剪；

（7）如图 6-15，采用 Erase 命令删除水平作图线，再使用 Chamfer 命令（不修剪模式）导出 1×45°的倒角，最后用 Trim 修剪倒角的位置；

（8）如图 6-16，采用 Mirror 命令镜像全图，然后使用 Erase 删除对称线，最后使用 Block 命令将全图定义块，块名为 LZ，基点位置在 A 点（通过对称线位置）。

3. 绘制两块连接板，并定义成块。

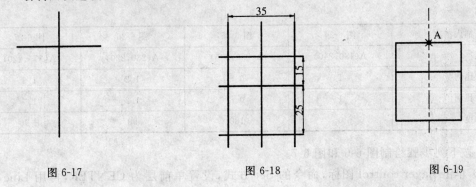

图 6-17　　　　　　　图 6-18　　　　　　　图 6-19

（1）如图 6-17，绘制 2 条互相垂直的线段，水平线应略大于总长，高度应略大于双头螺柱连接总装图的高度；

（2）如图 6-18，采用 Offset/Distance 命令，绘制等距线；

（3）如图 6-19，采用 Trim 命令修剪图形，然后将中心线的线型修改成中心线，得到图 6-19；

（4）采用 Block 命令将全图定义成图块，基点位置为 A，块名字为 LB。

4. 绘制图 6-2 至图 6-5（通过块插入方式完成）。

目前在当前图形中，已经保存有 2 个图块：LZ，LB，合理地使用这 2 个图块来完成我们的任务。

（1）采用 Insert 命令插入图块 LB，插入点以及参数见表 1：

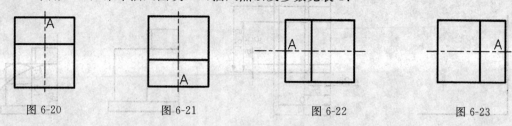

图 6-20　　　　　图 6-21　　　　　图 6-22　　　　　图 6-23

表 1

插入参数	图 6-20	图 6-21	图 6-22	图 6-23
插入点	A(180,240)	A(230,200)	A(280,220)	A(375,220)
X 缩放比例	1	1	1	1.2
Y 缩放比例	1	1	1	1
旋转角度	0	180	90	−90

（2）用 Insert 命令，在插入的图块 LB 上插入图块 LZ，插入点为 A 点，其他参数见表 2。

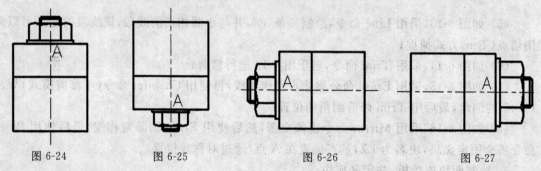

图 6-24　　　　　图 6-25　　　　　图 6-26　　　　　图 6-27

表 2

插入参数	图 6-24	图 6-25	图 6-26	图 6-27
插入点	A(180,240)	A(230,200)	A(280,220)	A(375,220)
X 缩放比例	1	0.8	1.2	1.4
Y 缩放比例	1	0.8	1.2	1.4
旋转角度	0	180	90	−90

5. 按下列步骤绘制图 6-6 和图 6-7。

（1）单击 Layer control 图标，命令的 Set 方式，设置单前层为 CENTER，再用 Line，Arc 命令绘制点画线。如图 6-28；

（2）设置单前层为 0 层，然后用 Line，Arc 命令的 Continue 方式，画零件的外型轮廓线（图 6-29）；

（3）用 Circle 命令以交点为圆心绘制各个圆（图 6-30）；

（4）如图 6-31，按图式尺寸画圆孔和圆柱头螺钉的端视图，并将之定义成块，块名为 LD，插入基点为圆心；

（5）如图 6-32 所示，采用 Insert 命令插入图块 LD，插入时，X 和 Y 的比例为 1，旋转角度为 0，插入点为交点（int）；

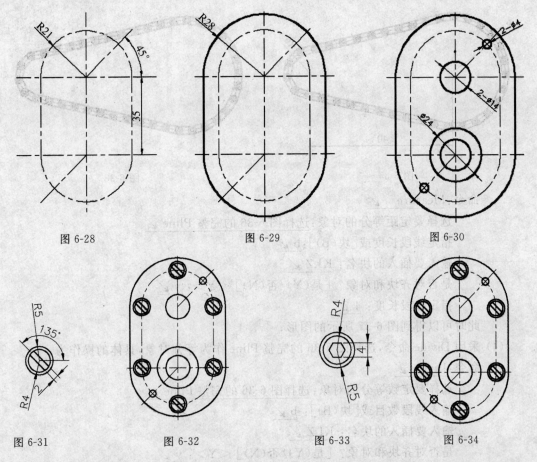

图 6-28   图 6-29   图 6-30

图 6-31   图 6-32   图 6-33   图 6-34

（6）采用块更新的方法将螺钉的种类更换掉。参照图 6-33 所示形状和尺寸,绘制出螺钉形状,然后重新定义图块 LD,将图 6-33 的形状定义成图块,名字为 LD,基点为圆心,系统会询问是否重新定义图块 LD,回答为 Yes,当重新定义图块完成之后,图 6-32 将自动更新成图 6-34。

6. 按下列步骤绘制图 6-8。

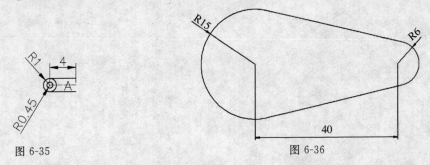

图 6-35   图 6-36

（1）按照图 6-35 绘制一节单独的链子,该链子有一条点划线的中心线,画完之后采用 Block 命令将该图形定义成图块,块名为 KLZ,插入基点为 A 点（中心线的中点,可用 mid 捕捉）;

（2）按照图 6-36 绘制图形,在画完之后,采用 Pedit 命令将图形编辑成一条完整的 Pline;（Pedit→[M]多条线→选择对象✓→合并[J]✓）;

（3）采用 Measure 命令,选择图 6-36 的完整 Pline 作为等分对象,具体的操作为:

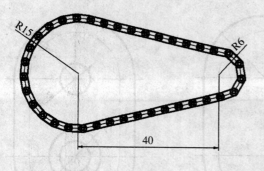

图 6-35

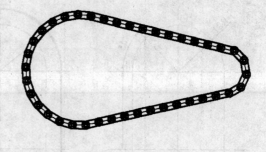

图 6-38

命令：Measure ↙

选择要定距等分的对象：选择图 6-36 的完整 Pline ↙

指定线段长度或[块(B)]：b ↙

输入要插入的块名：KLZ ↙

是否对齐块和对象？[是(Y)/否(N)]＜Y＞：y ↙

指定线段长度：4 ↙

此时可以得到图 6-37 所示的图形；

（4）采用 Divide 命令，选择图 6-36 的完整 Pline 作为等分对象，具体的操作为：

命令：Divide ↙

选择要定数等分的对象：选择图 6-36 的完整 Pline ↙

输入线段数目或[块(B)]：b ↙

输入要插入的块名：KLZ ↙

是否对齐块和对象？[是(Y)/否(N)]＜Y＞：y ↙

输入线段数目：40 ↙

此时可以得到图 6-38 所示的图形。

实验七　尺寸标注、文本创建与编辑、图案填充 Dim, Text, Dtext

一、实验目的

通过本次实验：

1. 学会使用尺寸标注命令以及对话框进行尺寸变量设置与标注、尺寸编辑；

2. 应用 Style 和 Dtext 命令以及对话框定义字样、注写文本；

3. 应用 Hatch 命令以及对话框进行图案填充。

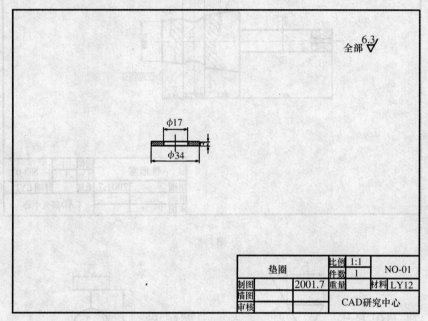

图 7-1

二、实验内容和要求

【内容】绘制图 7-1 和图 7-2。

【要求】

1. 各个图形分别绘制，绘制完成后分别存盘；

2. 图形的分层安排：轮廓线在 0 层，剖面线在 P 层，尺寸标注与技术要求在 J 层；

3. 操作时，注意学习命令的提示方式和输入方法，观察每一步的操作结果。

三、实验指导

1. 绘制图形中需要用到技术符号，制成图形块，以备后用。

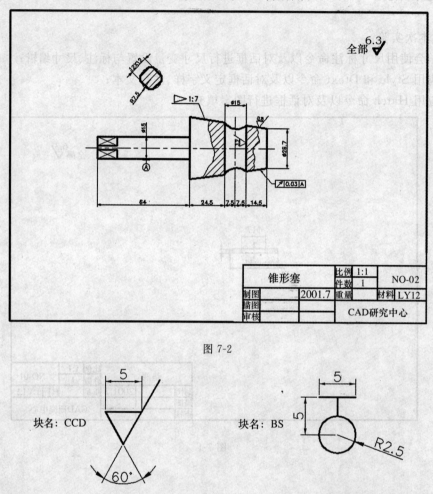

图 7-2

块名：CCD

块名：BS

图 7-3

(1) 参照图 7-3，按照尺寸标注绘制图形；

(2) 采用 Block，Wblock 命令按照 CCD，BS 名字定义成图块，然后存盘。

2. 绘制图 7-1。

(1) 设置文字样式（用于输入汉字）

单击下拉菜单：[格式(O)] → [文字样式(S)...]，出现"文字样式"对话框，如图 7-4 所示。

在图 7-4 对话框中，按下"新建"按钮，输入一个样式名，然后在字体名下拉选项中，选择"宋体"，之后依次点选"应用"和"关闭"按钮，完成文字样式设定；

(2) 采用 Limits 命令设置图幅为 A4:297×210，然后采用 Zoom/all 将图幅满屏，接着，在 0 层上，使用 Line 命令，按照图幅大小 297×210 绘制图框，再采用 Line，Offset，Trim 命令绘

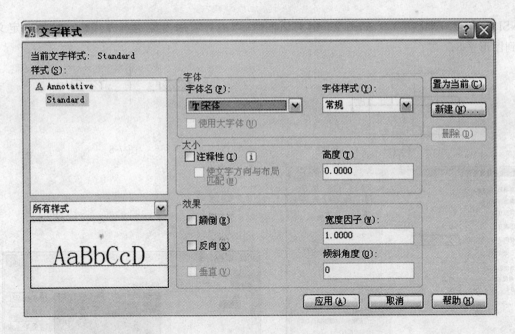

图 7-4

制标题栏,参见图 7-5;

(3) 参见图 7-6。采用 Dtext 命令,字高为 5,文本定位方式采用 J / MC(框心定位)。打开中文输入方式输入汉字,按照图 7-6 所示内容书写文字。数字高度应略低于汉字高度;

(4) 采用绘图以及编辑命令,绘制图 7-7;

图 7-5

图 7-6

垫圈		比例	1:1		
		件数	1		
制图		2001.7	重量		材料	LY12
描图				CAD研究中心	
审核					

图 7-6

(5) 单击图层图标,设置当前图层为 P,颜色为黄颜色,然后使用 Bhatch 命令,图案为

ANSI31，角度0°，比例0.3，如图7-9的对话框所示，边界采用内部定点方式——拾取点定义，得到图形7-8；

图7-7　　　　　　　　　　　　　　　　　　　　图7-8

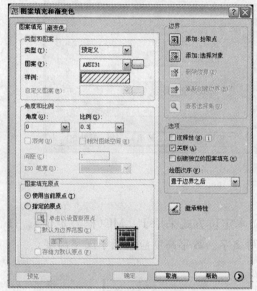

图7-9

图7-10

（6）设置尺寸标注样式。单击下拉菜单：[标注(N)]→[样式(S)...]，出现"标注样式管理器"对话框，如图7-10所示。在"标注样式管理器"对话框中按下"新建"按钮，此时弹出图7-11所示的窗口，设置新的标注样式名字为"ISO-25-NO-1"，按下按钮"继续"；

（7）在"调整"页中，设置全局比例参数为1.5，按下"确定"按钮，如图7-12，在回到前一个窗口时，按下"关闭"按钮；

（8）这时可以看到，右侧的工具栏中标注已为我们设置好的标注样式"ISO-25-NO-1"，如图7-13所示；

（9）单击图层图标，设置当前图层为J，颜色为红颜色，然后使用线性标注命令标注图形，得到图7-14；

（10）采用 Insert 命令，插入 CCD 图块，再使用 Dtext 命令标注文本，得到图7-1，然后存盘。

3. 绘制图7-2。

图7-2与图7-1在绘图界限、输出比例、标注环境、文字环境等均相同，所以，可以打开图7-1的存盘文件，然后另存为一个其他名字的文件，并在该文件的基础上进行编辑，来绘制图7-2。

（1）打开图7-1的文件，另存为另一个文件名字，然后采用 Erase 命令，删除原图，再采用Dedit 命令，对于标题栏中的文字进行进行修改，修改后的标题栏如图7-15所示；

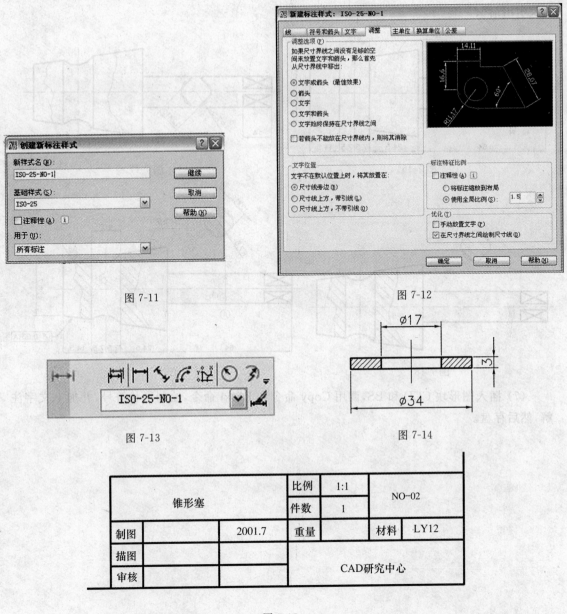

图 7-11

图 7-12

图 7-13

图 7-14

锥形塞			比例	1:1	NO-02	
			件数	1		
制图		2001.7	重量		材料	LY12
描图			CAD研究中心			
审核						

图 7-15

（2）综合使用绘图命令和图形编辑命令按尺寸绘制图 7-16；

（3）参照图 7-17，采用 Pline 命令绘制多义线，该线的两个端点请采用最近点 nea 方式捕捉，再采用 Pedit 命令中的 Fit 或者 Spline 方式进行曲线拟合，完成波浪线的绘制；在视图内按照图示尺寸绘制重合剖面图，由此图绘制左侧方榫的投影，圆的相贯线采用 Arc 命令的 3P 方式进行近似的绘制，如图 7-17；

（4）先采用 Move 命令将剖面图案移动到图形之外，然后在 P 图层上，使用 Bhatch 命令及其对话框完成剖面线绘制，剖面图案为 ANSI31，角度 0°，比例 1，得到图形图 7-18；

（5）参照图 7-19，单击图层图标，设置当前图层为 J，颜色为红颜色，然后使用线性标注命令标注图形；

（6）参照图 7-19，使用带有公差内容的引出线 Leader 命令，绘制图形中的形位公差符号以及引出箭头；

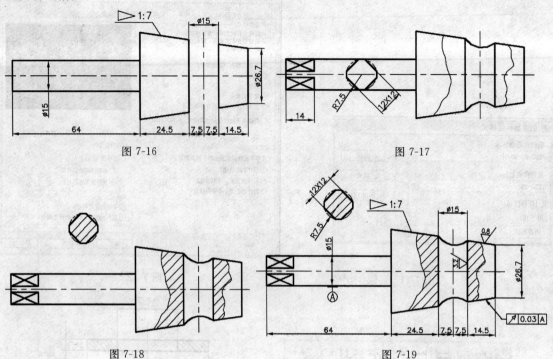

图 7-16　　　　　　　　　　　　　　图 7-17

图 7-18　　　　　　　　　　　　　　图 7-19

（7）插入图形块 CCD 和 BS，调用 Copy 命令和 Dtext 命令，绘制形状符号，并加上文字注解，然后存盘。

实验八 图纸空间多视窗出图

一、实验目的

通过本次实验：

1. 进一步熟悉掌握 AutoCAD 2008 的绘图和编辑命令，并使用 AutoCAD 进行绘图的绘图规划以及技巧；

2. 掌握 AutoCAD 2008 中进行图纸空间多视窗出图的方法和手段。

二、实验内容和要求

【内容】绘制图 8-1 和图 8-2。

【要求】

1. 两个图形绘制在同一个图形文件中，绘制完成后存盘；

2. 操作时，注意学习命令的提示方式和输入方法，观察每一步的操作结果。

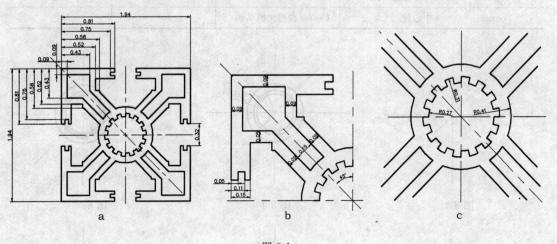

图 8-1

三、实验指导

1. 绘制图 8-1。

（1）开始一张新图，规划图层见表 1；

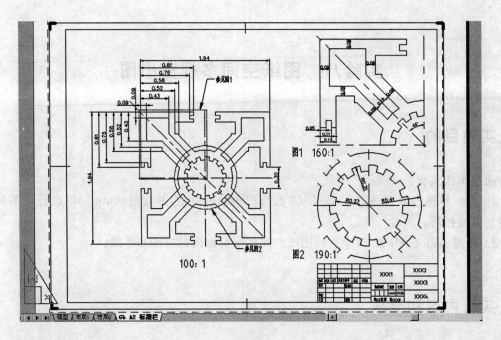

图 8-2

表 1

图层名	用途	线型	线宽	颜色
0	轮廓线	Continuous	0.25	缺省
dim	尺寸标注,文字	Continuous	0	青色
center	中心线	Center 线型比例 0.01	0	绿色

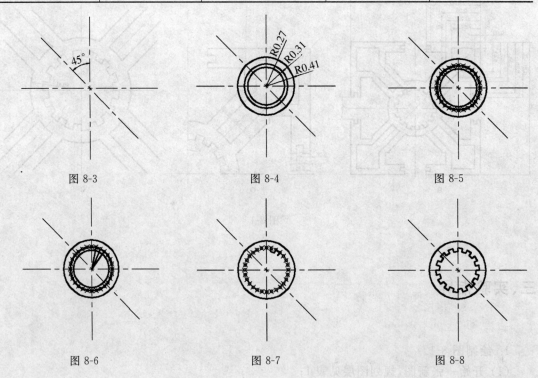

图 8-3　　　　　　　　　图 8-4　　　　　　　　　图 8-5

图 8-6　　　　　　　　　图 8-7　　　　　　　　　图 8-8

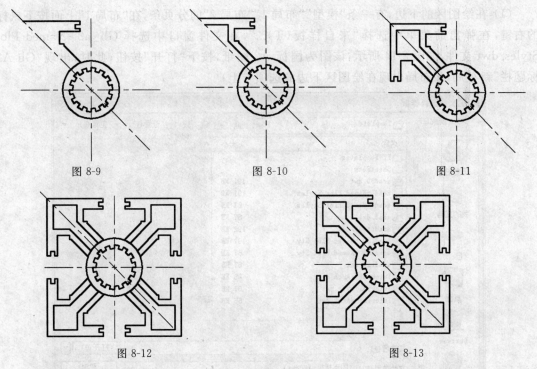

图 8-9   图 8-10   图 8-11

图 8-12   图 8-13

(2) 在 Center 中心线图层绘制图 8-3 所示的中心线；

(3) 在 0 层采用 Circle 命令绘制 3 个同心圆 R0.27、R0.31、R0.41，如图 8-4；

(4) 打开点形状显示，选择一种点形状和大小，然后采用 Divide 命令，对于 R0.31 等分成 28 段，如图 8-5；

(5) 采用 Line 命令，从圆心开始连接 3 个等分点(采用节点捕捉)，如图 8-6；

(6) 采用 Trim 命令将图形修剪成图 8-7 所示的形状；

(7) 用 Erase 命令删除所有的等分点，然后采用 Array 命令，将图形圆形阵列 14 个，如图 8-8；

(8) 采用 Line，Offset，Trim，Copy 等绘图和编辑命令绘制图 8-9 和图 8-10；

(9) 采用 Mirror 命令根据 45°对称线镜像图形，得到图 8-11；

(10) 采用 Array 命令进行圆形阵列，数目 4 个，得到图 8-12；

(11) 采用 Trim 命令进行修剪，得到图 8-13；

(12) 对于图 8-13 的中心部分和左上角部分采用 Copy 命令分别复制一份，放到图纸的其他部分，得到图 8-1 的 a，b，c3 个图；

(13) 将当前的缺省尺寸标注类型"ISO-25"的全局比例因子设置成"0.02"；

(14) 根据尺寸标注类型"ISO-25"重新设置一个尺寸标注类型"ISO-25-1"，其全局比例因子设置成"0.01"；

(15) 采用尺寸标注类型"ISO-25"标注图 8-1a；

(16) 采用尺寸标注类型"ISO-25-1"标注图 8-1b、图 8-1c；

(17) 得到图 8-1，存盘。

2. 绘制图 8-2。

图 8-2 与图 8-1 在同一个图形文件上，只不过图 8-1 在模型空间，而图 8-2 在图纸空间，我们现在已经在模型空间绘制出图 8-1 了，现在转到图纸空间进行图纸的设定和出图。

接着图 8-1 的文件：

(1) 在绘图区的下边,有一条"模型""布局 1""布局 2"的分页条,在"布局 1"上面按下鼠标的右键,在弹出的菜单中选择"来自样板(T)...",在文件窗口中选择 Gb_a2 -Named Plot Styles. dwt 文件,如图 8-14 所示,该图为国标 A2 图纸,按下"打开"按钮,此时,出现"Gb A2 标题栏"新布局,该布局出现在绘图区下边的选项卡上;

图 8-14

(2) 整理新布局。选择"Gb A2 标题栏"选项卡,进入新布局,此时在该布局中已经存在一个布满图纸的视口,我们需要删除该视口,创建需要的视口,但是还需要使用现在的 A2 标题栏。

* 在图纸空间状态下,将"图框_视口"图层解锁;
* 在图纸空间状态下,选中标题栏块,采用 Explode 命令将之打碎;
* 在图纸空间状态下,选中已经存在的布满图纸的视口(选择其边界),删除它(Erase);
此时得到一个没有视口,但有 A2 图框的布局,如图 8-15 所示。

(3) 创建视口。在图纸空间状态下,采用 Line, Circle 命令,绘制 2 个封闭的矩形和 1 个圆,2 个矩形的尺寸为:360×360、185×185,圆的半径为 85,如图 8-16 所示;

(4) 创建各个视图。在图纸空间下输入下列命令:

命令:-vports↙

指定视口的角点或

[开(ON)/关(OFF)/布满(F)/消隐出图(H)/锁定(L)/对象(O)/多边形(P)/恢复(R)/图层(LA)/2/3/4]<布满>: o↙ 选择 360×360 的矩形

下面调整视口的显示比例和显示位置。

在 360×360 的矩形内部双击鼠标左键,进入该视口的模型空间。然后使用 Pan 命令将图 8-1a 的图形拖到视口中央位置,输入下列命令:

命令:Zoom↙

指定窗口角点,输入比例因子(nX 或 nXP),或

[全部(A)/中心点(C)/动态(D)/范围(E)/上一个(P)/比例(S)/窗口(W)/对象(O)]

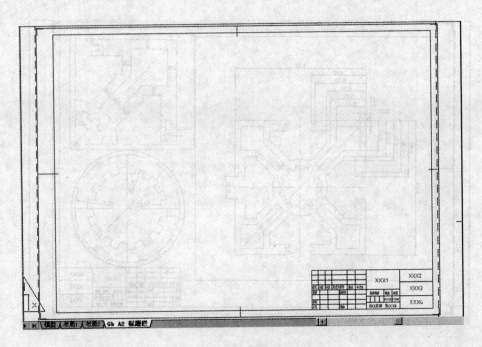

图 8-15

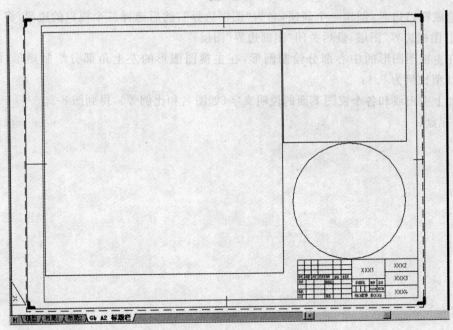

图 8-16

<实时>：s↙

　　输入比例因子(nX 或 nXP)：100xp↙

　　图 8-1a 将按照 100：1 的比例显示在视口中央。

　　依此类推，185×185 的矩形窗口按照 160：1 的比例显示，半径为 85 的圆则按照 190：1 的比例显示，得到图 8-17。为了在窗口中正常显示线型，请将在图纸空间状态将系统变量 psltscale 设置成 0；(在命令行输入 psltscale ↙→输入 PSLTSCALE 的新值<1>：0↙)

　　(5)隐藏视口边界，加入指引标注和框选区域。

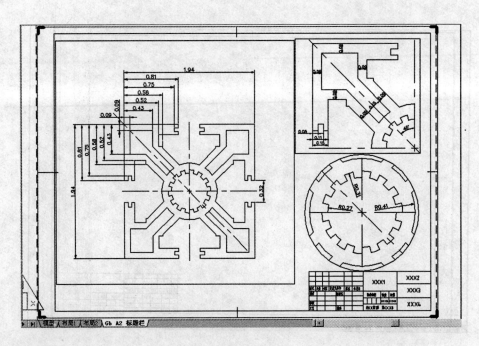

图 8-17

    * 隐藏视口边界：创建一个新层，名为"图框边界"，然后选择三个视口的边界，将它们的层转换到"图框边界"图层，最后关闭"图框边界"图层；

    * 在主视图图形的中心部分绘制圆形，在主视图图形的左上角部分绘制矩形，线型为 dashed，线型比例为 0.4；

    * 加上引出线和各个视图下面的说明文字（如图名和比例等），得到图 8-2。

    （6）存盘。

实验九 综合练习（一）

一、实验目的

说明：本实验是一个完整装配图绘制过程的上半部分，后面的实验（实验十）将演示该装配图的下半部分绘制过程，两个实验实际上演示的是一个完整的装配图绘制过程。

复习、掌握、全面应用 AutoCAD 2008 的二维绘图和编辑命令的操作过程和使用方法，学习对于具体图形的绘制规划；复习、应用 AutoCAD 2008 的块定义和使用方法。

二、实验内容和要求

【内容】绘制图 9-1 至图 9-5。

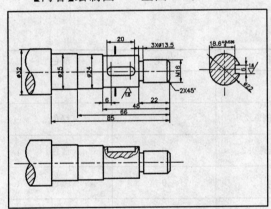

图 9-1 轴

图 9-2 齿轮

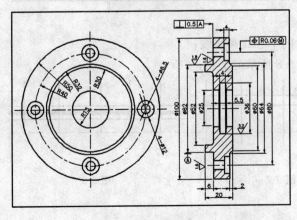

图 9-3 端盖

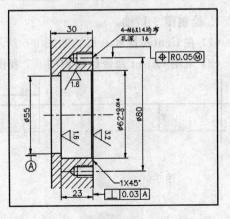

图 9-4 机座

— 53 —

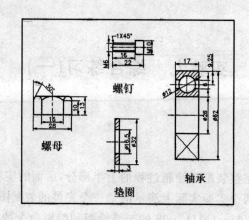

图 9-5 标准件

【要求】

1. 各个图形绘制在同一个屏幕上,按照一个图形文件存盘,存盘名字为 h-total.dwg;

2. 注意按照要求对于每一个图形的内容进行块定义和块存盘,以备装配时使用。

三、实验指导

开始一张新图,规划图层如表1:

表1

图层名	用途	线型	线宽	颜色
0	轮廓线	Continuous	0.25	缺省
center	中心线	Center 线型比例0.2	0	绿色
hidden	虚线	Hidden 线型比例0.2	0	蓝色
dim	尺寸标注,文字	Continuous	0	黄色
hatch	剖面线	Continuous	0	青色

1. 绘制图 9-1:轴。

(1) 在 Center 层和 0 层绘制图 9-6 所示的中心线和实线;

(2) 采用 Offset 命令绘制如图 9-7 和图 9-8 所示的形状;

图 9-6　　　　　　　　图 9-7　　　　　　　　图 9-8

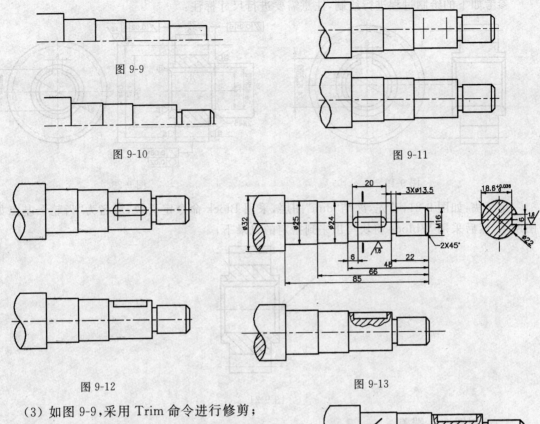

图 9-9

图 9-10

图 9-11

图 9-12

图 9-13

（3）如图 9-9，采用 Trim 命令进行修剪；

（4）如图 9-10，增加一个导角（Chamfer 命令）和一个槽（Offset 和 Trim 命令）；

（5）如图 9-11，根据中心线对称镜像（Mirror 命令），得到轴的下半部分，然后加上轴左端的截断圆弧（Arc 命令），接着拷贝一个轴放到上面的位置，加上键槽的圆弧圆心线（Offset 命令）；

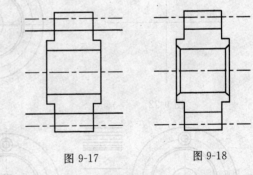

图 9-14

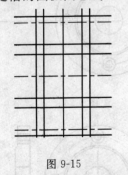

图 9-15　　　　　图 9-16　　　　　图 9-17　　　　图 9-18

（6）如图 9-12，绘制键槽；

（7）如图 9-13，绘制截面圆，并在对应的图层上绘制尺寸标注和剖面线；

（8）定义块：如图 9-14，采用 Block 命令定义块，块名为"轴"，基点如图所示，然后采用 Wblock 将块写出来到指定的目录下。

2．绘制图 9-2：齿轮。

参考如下的绘制过程进行绘制,注意需要进行尺寸标注:

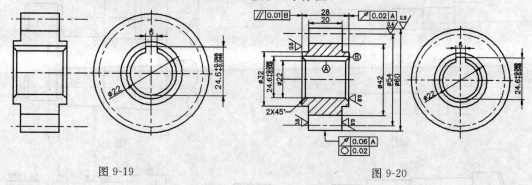

图 9-19   图 9-20

定义块:如图 9-21,首先,冻结"dim"图层,采用 Block 命令定义块,块名为"齿轮",基点如图所示,然后采用 Wblock 将块写出来到指定的目录下;

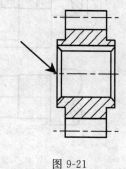

图 9-21

3. 绘制图 9-3:端盖。

参考如下的绘制过程进行绘制,注意需要进行尺寸标注,见图 9-22 到图 9-33。

定义块:如图 9-34,首先,冻结"dim"图层,采用 Block 命令定义块,块名为"端盖",基点如图 9-34 所示,然后采用 Wblock 将块写出来到指定的目录下;

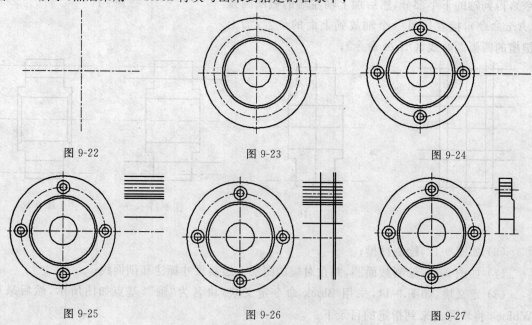

图 9-22   图 9-23   图 9-24

图 9-25   图 9-26   图 9-27

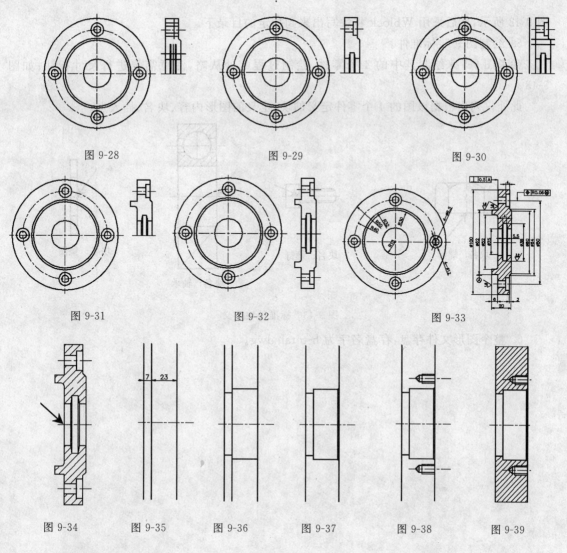

图 9-28   图 9-29   图 9-30

图 9-31   图 9-32   图 9-33

图 9-34   图 9-35   图 9-36   图 9-37   图 9-38   图 9-39

4. 绘制图 9-4：机座。

参考图 9-35 到图 9-41 的绘制过程进行绘制，注意需要进行尺寸标注：

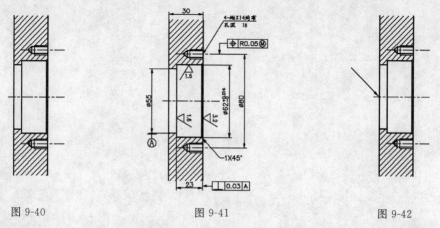

图 9-40   图 9-41   图 9-42

定义块：如图 9-42，首先，冻结"dim"图层，采用 Block 命令定义块，块名为"机座"，基点如

图 9-42 所示,然后采用 Wblock 将块写出来到指定的目录下。

5.绘制图 9-5:标准件。

参考图 9-5 来绘制其中的 4 个零件,绘制过程此处从略,注意需要进行尺寸标注;如图 9-43。

此处仅列出根据该图的 4 个零件定义的块:定义的图形内容、块名、插入点。

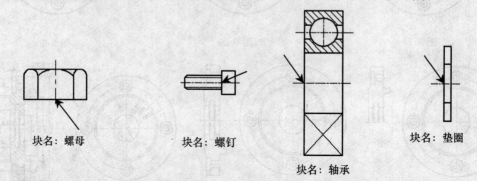

块名:螺母　　　块名:螺钉　　　块名:轴承　　　块名:垫圈

图 9-43　标准件块定义

6.整个图形文件存盘:存盘名字为 h-total.dwg。

实验十　综合练习(二)

一、实验目的

说明:本实验是一个完整装配图绘制过程的下半部分,前面的实验(实验九)演示了该装配图的上半部分绘制过程,两个实验实际上演示的是一个完整的装配图绘制过程。

1. 复习、掌握、全面应用 AutoCAD 2008 的二维绘图和编辑命令的操作过程和使用方法,学习对于具体图形的绘制规划;

2. 复习、应用 AutoCAD 2008 的块插入使用方法;

3. 复习、应用 AutoCAD 2008 的图纸空间出图的方法。

二、实验内容和要求

【内容】绘制图 10-1 和图 10-2。

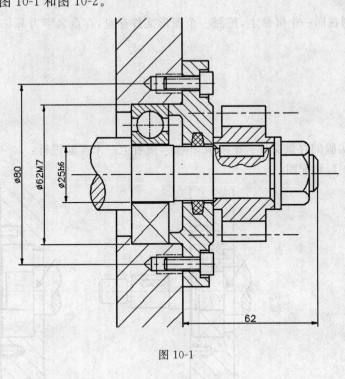

图 10-1

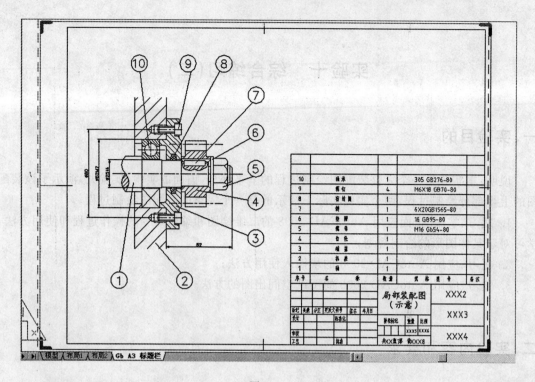

10	轴承	1	305 GB276-80	
9	螺钉	4	M6X18 GB70-80	
8	密封圈	1		
7	键	1	6X20 GB1565-80	
6	垫圈	1	16 GB95-80	
5	螺母	1	M16 Gb54-80	
4	台肩	1		
3	端盖	1		
2	托座	1		
1	轴	1		
序号	名 称	数量	规 格 型 号	备注

局部装配图（示意）		XXX2

图 10-2

【要求】

2 个图形绘制在同一个屏幕上,按照一个图形文件存盘,存盘名字为 h-total. dwg。

三、实验指导

打开上一个实验的存盘文件:"h-total. dwg",接着上一个实验进行:

1. 绘制图 10-1:装配图。

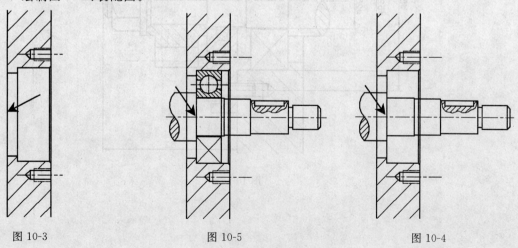

图 10-3　　　　　　　　图 10-5　　　　　　　　图 10-4

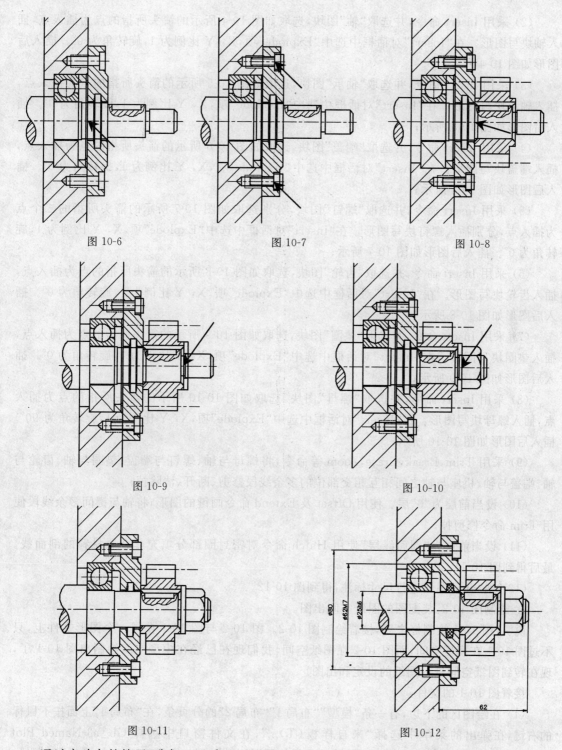

图 10-6　　　　　　　　　图 10-7　　　　　　　　　图 10-8

图 10-9　　　　　　　　　　　　　　　图 10-10

图 10-11　　　　　　　　　图 10-12

　　通过实验九的练习，我们已经建立了下面 8 个内部块：齿轮、垫圈、螺母、螺钉、机座、端盖、轴承、轴，请检查图形文件中是否具有这 8 个块。

　　（1）采用 Insert 命令，并选取"机座"图块，在如图 10-3 所示的位置插入机座块写图形。在"Insert"对话框中选中"Explode"项，X，Y 比例为 1，旋转角为 0°。插入后图形如图 10-3 所示；

（2）采用 Insert 命令，并选取"轴"图块，选取如图 10-4 所示的箭头所指的点为插入点，插入轴块写图形。在"Insert"对话框中选中"Explode"项，X，Y 比例为 1，旋转角为 0°。插入后图形如图 10-4 所示；

（3）采用 Insert 命令，并选取"轴承"图块，选取如图 10-5 所示的箭头所指的点为插入点，插入轴承块写图形。在"Insert"对话框中选中"Explode"项，X，Y 比例为 1，旋转角为 0°。插入后图形如图 10-5 所示；

（4）采用 Insert 命令，并选取"端盖"图块，选取如图 10-6 所示的箭头所指的点为插入点，插入端盖块写图形。在"Insert"对话框中选中"Explode"项，X，Y 比例为 1，旋转角为 0°。插入后图形如图 10-6 所示；

（5）采用 Insert 命令，并选取"螺钉"图块，分别选取如图 10-7 所示的箭头所指的二个点为插入点，分别插入螺钉块写图形。在"Insert"对话框中选中"Explode"项，X，Y 比例为 1，旋转角为 0°。插入后图形如图 10-7 所示；

（6）采用 Insert 命令，并选取"齿轮"图块，选取如图 10-8 所示的箭头所指的点为插入点，插入齿轮块写图形。在"Insert"对话框中选中"Explode"项，X，Y 比例为 1，旋转角为 0°。插入后图形如图 10-8 所示；

（7）采用 Insert 命令，并选取"垫圈"图块，选取如图 10-9 所示的箭头所指的点为插入点，插入垫圈块写图形。在"Insert"对话框中选中"Explode"项，X，Y 比例为 1，旋转角为 0°。插入后图形如图 10-9 所示；

（8）采用 Insert 命令，并选取"螺母"图块，选取如图 10-10 所示的箭头所指的点为插入点，插入螺母块写图形。在"Insert"对话框中选中"Explode"项，X，Y 比例为 1，旋转角为-90°。插入后图形如图 10-10 所示；

（9）采用 Trim，Break，Erase，Zoom 等命令，将螺母与轴、螺钉与端盖、垫圈与轴、齿轮与轴、端盖与轴、机座与轴之间相互相交部位的多余线段修剪、断开、清除掉；

（10）设当前层为"0"层。使用 Offset 及 Extend 命令画键的图形，将轴与键间多余线段使用 Trim 命令修剪掉；

（11）设当前层为"剖面线层"使用 Hatch 命令对密封圈部分填充非金属材料的剖面线。最后得到图 10-11；

（12）到"dim"图层进行尺寸标注，得到图 10-12。

2. 绘制图 10-2：装配图的图纸空间出图。

说明：图 10-1 绘制好之后，接着绘制图 10-2。图 10-2 与图 10-1 在同一个图形文件上，只不过图 10-1 在模型空间，而图 10-2 在图纸空间，我们现在已经在模型空间绘制出图 10-1 了，现在转到图纸空间进行图纸的设定和出图。

接着图 10-1 的文件：

（1）在绘图区的下边，有一条"模型""布局 1""布局 2"的分页条，在"布局 1"上面按下鼠标的右键，在弹出的菜单中选择"来自样板（T）…"，在文件窗口中选择 Gb_a3-Named Plot Styles.dwt 文件，该图为国标 A3 图纸，按下"打开"按钮，此时，出现"Gb A3 标题栏"新布局，该布局出现在绘图区下边的选项卡上，如图 10-13 所示；

（2）整理新布局。选择"Gb A3 标题栏"选项卡，进入新布局，此时在该布局中已经存在一个布满图纸的视口，我们需要删除该视口，创建需要的视口，但是还需要使用现在的 A3 标题栏；

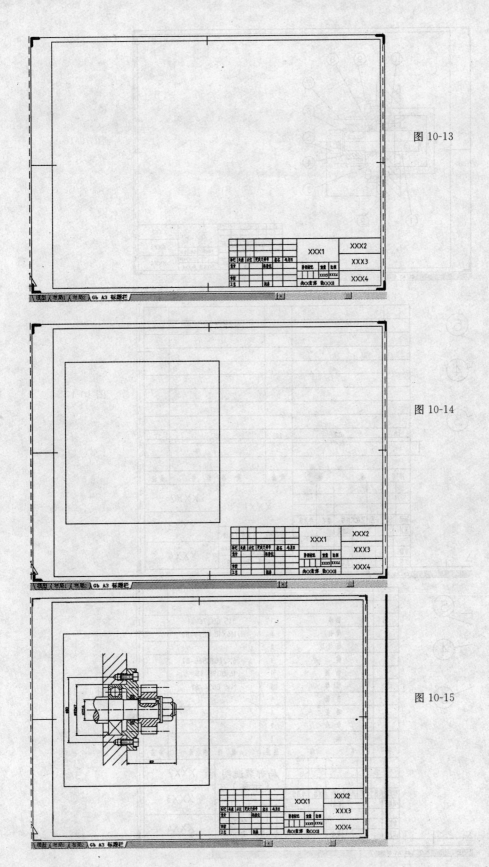

图 10-13

图 10-14

图 10-15

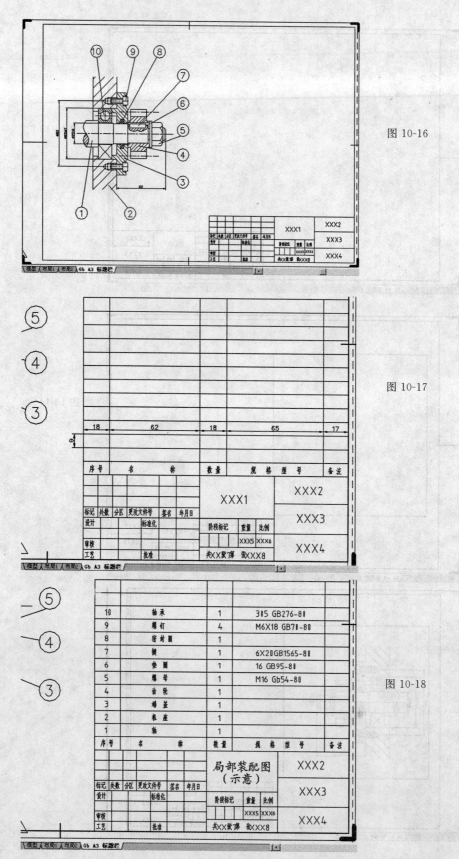

图 10-16

图 10-17

图 10-18

序 号	名　　　称	数 量	规 格 型 号	备 注
10	轴承	1	305 GB276-81	
9	螺钉	4	M6X18 GB70-80	
8	密封圈	1		
7	键	1	6X20GB1565-81	
6	垫圈	1	16 GB95-81	
5	螺母	1	M16 Gb54-80	
4	齿轮	1		
3	端盖	1		
2	机座	1		
1	轴	1		
序 号	名　　　称	数 量	规 格 型 号	备 注

局部装配图（示意）

＊ 在图纸空间状态下，将"图框_视口"图层解锁；

＊ 在图纸空间状态下，选中标题栏块，采用 Explode 命令将之打碎；

＊ 在图纸空间状态下，选中已经存在的布满图纸的视口（选择其边界），删除它（Erase）；

此时得到一个没有视口，但有 A3 图框的布局，如图 10-13 所示。

（3）创建视口。在图纸空间状态下，采用 Line 命令，绘制一个封闭的矩形，矩形的尺寸为：188×188，如图 10-14 所示；

（4）创建视图。

在图纸空间下输入下列命令：

命令：-vports ✓

指定视口的角点或

［开（ON）/关（OFF）/布满（F）/消隐出图（H）/锁定（L）/对象（O）/多边形（P）/恢复（R）/图层（LA）/2/3/4］＜布满＞：o ✓ 选择 188X188 的矩形

下面调整视口的显示比例和显示位置。

在 188×188 的矩形内部双击鼠标左键，进入该视口的模型空间。然后使用 pan 命令将图 10-1 的图形拖到视口中央位置，输入下列命令：

命令：Zoom ✓

指定窗口角点，输入比例因子（nX 或 nXP），或

［全部（A）/中心点（C）/动态（D）/范围（E）/上一个（P）/比例（S）/窗口（W）/对象（O）］＜实时＞：s ✓

输入比例因子（nX 或 nXP）：1xp ✓

图 10-1 将按照 1:1 的比例显示在视口中央，如图 10-15 所示。

如果在窗口中线型显示部正常，请将在图纸空间状态将系统变量 psltscale 设置成 0；

（5）隐藏视口边界，加入指引标注和框选区域；

＊ 隐藏视口边界：创建一个新层，名为"图框边界"，然后选择 188×188 视口的边界，将它们的层转换到"图框边界"图层，最后关闭"图框边界"图层；

（6）将"dim"图层转换到当前图层，绘制各个零件的指引线和球标，得到图 10-16；

（7）按照图 10-17 所示的尺寸绘制装配图的明细表（BOM 表）；

（8）按照图 10-18 所示的内容填表，从而得到图 10-2；

（9）按照"h-total.dwg"文件名存盘。

实验十一 表 格

一、实验目的

说明：本实验演示绘制装配图的明细图表格部分，复习、掌握、全面应用 AutoCAD 2008 的表格编辑命令的操作过程和使用方法。

二、实验内容和要求

【内容】绘制图 11-1 的表格。

【要求】

按照操作步骤绘好表格，并插入到前面绘好的装配图中，得到 11-8 完整的装配图，存盘，名字为 total. dwg。

10	轴承	1	305 Gb 276-80	
9	螺钉	4	M6×18 Gb 70-80	
8	密封圈	1		
7	键	1	6×20Gb 1565-80	
6	垫圈	1	16 Gb 95-80	
5	螺母	1	M16 Gb 54-80	
4	齿轮	1		
3	端盖	1		
2	机座	1		
1	轴	1		
序号	名称	数量	规格型号	备注

标记	处数	分区	更改文件号	签名	年月日			
设计			标准化			阶段标记	重量	比例
制图								
审核								
工艺			批准			共 张 第 张		

图 11-1

三、实验指导

打开一张带标题栏的装配图

1. 新建表格样式。

（1）选择"格式"→"表格样式"（或命令 Tablestyle），打开"表格样式"对话框；

（2）单击"新建"按钮，打开"创建新的表格样式"对话框（图 11-2）。输入新样式名 MyTablestyle；

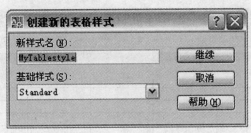

图 11-2

（3）单击"继续"，打开"新建表格样式"对话框。在"单元样式"选项区域下拉列表框中选择"数据"选项；

（4）选择"基本"选项卡，"特性"选项区域"对齐"下拉列表框中选择"正中"选项；

（5）选择"文字"选项卡，修改文字样式。单击"文字样式"后面的按钮，打开"文字样式"对话框，修改字体为"gbeitc. shx"（大字体"gbcbig. shx"），单击"应用""关闭"，返回"新建表格样式"对话框（图 11-3）；

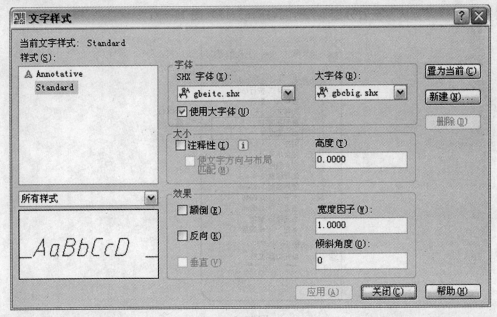

图 11-3

（6）修改文字高度为7；

（7）单击"确定"按钮，关闭对话框。

2．创建表格。

（1）选择"绘图"→"表格"（或在面板选项板单击"表格"按钮），打开"插入表格"对话框；

（2）在"表格样式"选项区域中选择已设好的样式——MyTablestyle，并分别修改标题、标头、数据的字体高度为10、5、7；

（3）选择"插入选项""从空表格开始"，"插入方式""指定插入点"，在"列和行设置"选项区域中分别设置"列"和"数据行"文本框中的数值为5和10；

（4）单击"确定"，移动鼠标在绘图窗口中单击绘制一个表格，此时表格最上面一行处于文字编辑状态（图11-4）；

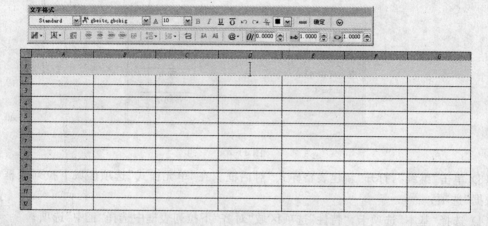

图 11-4

（5）在单元格中输入文字"明细表"；

（6）选中一行/列，单击鼠标右键，选择"特性"，在弹出的对话框中改变行高和列宽（如图数据行高为9，列宽从左至右分别为18，62，18，65，17）（图11-5）；

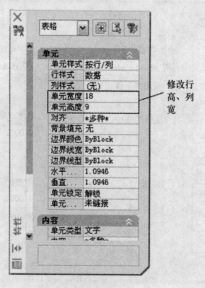

图 11-5

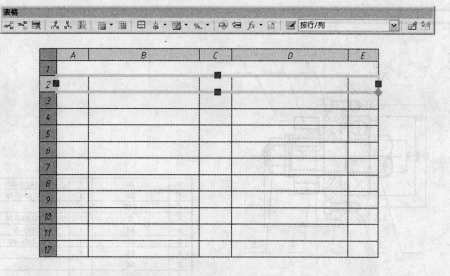

图 11-6

(7) 将标题、表头行删除:选中要删除行,在弹出的工具栏中单击删除按钮(图 11-6);

(8) 根据要求合并单元格,调整行高、列宽;

(9) 单击其他单元格,输入相应内容(图 11-7);

10	轴承	1	305 Gb 276-80	
9	螺钉	4	M6×18 Gb 70-80	
8	密封圈	1		
7	键	1	6×20Gb 1565-80	
6	垫圈	1	16 Gb 95-80	
5	螺母	1	M16 Gb 54-80	
4	齿轮	1		
3	端盖	1		
2	机座	1		
1	轴	1		
序号	名称	数量	规格型号	备注

图 11-7

(10) 以相同的方法绘制标题栏,并输入内容,得到图 11-1 所示表格;

(11) 将绘制好的表格插入前面绘制的装配图中,根据图幅安排需要可打断表格,并在装配图中标注序号,完成装配图(图 11-8)。

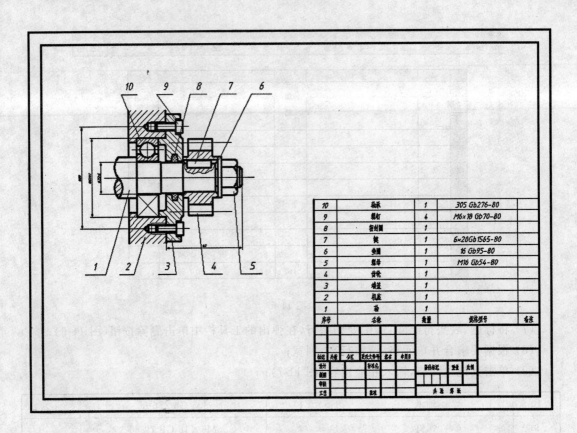

10	轴承	1	305 Gb276-80	
9	螺钉	4	M16×18 Gb70-80	
8	密封圈	1		
7	键	1	6×20Gb1565-80	
6	垫圈	1	16 Gb95-80	
5	螺母	1	M16 Gb54-80	
4	齿轮	1		
3	端盖	1		
2	机座	1		
1	轴	1		
序号	名称	数量	载荷型号	备注

图 11-8

第二篇　建筑设计上机实验

实验一 基本操作

一、实验目的

通过实验进一步理解和掌握 AutoCADR2008 的基本操作——启动、命令和数据输入,命令的终止、重复、取消、撤销以及文件的存盘、打开、新建和退出系统等。

二、实验内容和要求

【内容】

绘制图 1-1 所示的平面图形

1. 练习从命令行、菜单中启动命令的方法;
2. 练习坐标的输入方法,初步熟悉捕捉的用法;
3. 练习有关文件的打开、保存等操作。

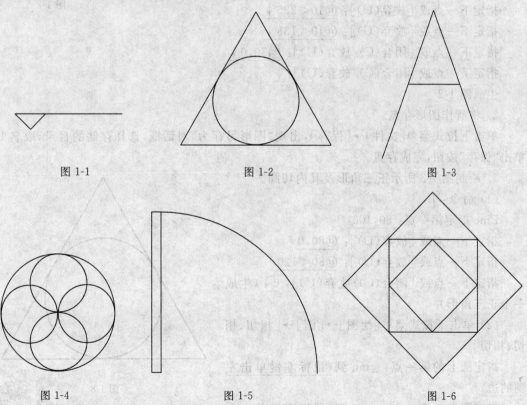

图 1-1   图 1-2   图 1-3

图 1-4   图 1-5   图 1-6

操作时,随时注意命令行的提示和屏幕图形区的变化,观察每一步操作的结果,了解命令的操作方法和数据输入方法。

三、实验指导

启动 AutoCAD R2008。按下列步骤作图:(带下划线的内容为操作中需要输入的命令和数据)

1. 绘制图 1-1 所示的标高符号。

(1) 命令:Limits↓

指定左下角点或 [开(ON)/关(OFF)] <0.0000,0.0000>:↓

指定右上角点 <420.0000,297.0000>:297,210↓

命令:z↓

指定窗口角点,输入比例因子 (nX 或 nXP),或

[全部(A)/中心点(C)/动态(D)/范围(E)/上一个(P)/比例(S)/窗口(W)] <实时>:a↓

(2) 命令:Line↓

指定第一点:25,150↓

指定下一点或 [放弃(U)]:@10<225↓

指定下一点或 [放弃(U)]:@10<135↓

指定下一点或 [闭合(C)/放弃(U)]:@50,0↓

指定下一点或 [闭合(C)/放弃(U)]:↓

生成图 1-2

图 1-7

2. 将所作图形存盘。

单击下拉式菜单[文件]→[保存],出现"图形另存为"对话框,选择存储的目录,取名 bg,单击"保存"按钮,完成存盘。

3. 绘制图 1-2 所示正三角形及其内切圆。

(1) 命令:L

Line 指定第一点:80,100

指定下一点或 [放弃(U)]:@80,0

指定下一点或 [放弃(U)]:@80<120

指定下一点或 [闭合(C)/放弃(U)]:c↓(生成一个正三角形)

(2) 单击下拉式菜单[绘图]→[圆]→[相切、相切、相切]

指定圆上的第一点:_tan 到(鼠标左键单击左侧的边)

指定圆上的第二点:_tan 到(鼠标左键单击右侧的边)

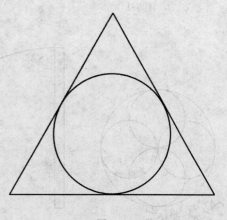

图 1-8

指定圆上的第三点：_tan 到（鼠标左键单击下侧的边）

4. 如图 1-3 所示，用 Line 命令书写 A，初步学习捕捉的使用。

命令：L↓

Line 指定第一点：200,100↓

指定下一点或［放弃(U)］：@80<70↓

指定下一点或［放弃(U)］：@80<−70↓

指定下一点或［闭合(C)/放弃(U)］：↓

命令：↓

Line 指定第一点：↓

指定下一点或［放弃(U)］：捕捉左侧的中点

指定下一点或［放弃(U)］：捕捉右侧的中点

指定下一点或［放弃(U)］：↓

图 1-9

5. 绘制图 1-4 所示的 5 个圆。

命令：c↓

Circle 指定圆的圆心或［三点(3P)/两点(2P)/相切、相切、半径(T)］：50,50↓

指定圆的半径或［直径(D)］：30↓

命令：↓

Circle 指定圆的圆心或［三点(3P)/两点(2P)/相切、相切、半径(T)］：2p↓

指定圆直径的第一个端点：50,50↓（或者捕捉大圆的圆心点）

指定圆直径的第二个端点：@30,0↓（或者捕捉大圆的右侧象限点）

命令：↓

Circle 指定圆的圆心或［三点(3P)/两点(2P)/相切、相切、半径(T)］：2p↓

指定圆直径的第一个端点：50,50↓（或者捕捉大圆的圆心点）

指定圆直径的第二个端点：@0,30↓（或者捕捉大圆的上侧象限点）

命令：↓

Circle 指定圆的圆心或［三点(3P)/两点(2P)/相切、相切、半径(T)］：2p↓

指定圆直径的第一个端点：50,50↓（或者捕捉大圆的圆心点）

指定圆直径的第二个端点：@−30,0↓（或者捕捉大圆的左侧象限点）

命令：↓

Circle 指定圆的圆心或［三点(3P)/两点(2P)/相切、相切、半径(T)］：2p↓

指定圆直径的第一个端点：50,50↓（或者捕捉大圆的圆心点）

指定圆直径的第二个端点：@0,−30↓（或者捕捉大圆的下侧象限点）

6. 绘制图 1-5 所示的门。

命令：L↓

Line 指定第一点：95,10↓

指定下一点或［放弃(U)］：@0,80↓

指定下一点或［放弃(U)］：@5,0↓

指定下一点或［闭合(C)/放弃(U)］：@0,−80↓

指定下一点或［闭合(C)/放弃(U)］：c↓

单击下拉式菜单［绘图］→［圆弧］→［圆心、起点、角度］

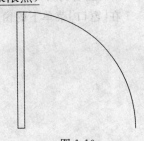

图 1-10

命令：_arc 指定圆弧的起点或［圆心（CE）］：_c 指定圆弧的圆心：100,10 ↓ （或捕捉矩形的右下角点）

指定圆弧的起点：100,90↓（或捕捉矩形的右上角点）

指定圆弧的端点或［角度（A）/弦长（L）］：_a 指定包含角：－90↓

7. 绘制图 1-11 所示的 3 个正方形。

命令：L↓

Line 指定第一点：235,15↓

指定下一点或［放弃（U）］：@50＜45↓

指定下一点或［放弃（U）］：@50＜135↓

指定下一点或［闭合(C)/放弃(U)］：@50＜－135↓

指定下一点或［闭合(C)/放弃(U)］：c↓

命令：↓

Line 指定第一点：捕捉左上方的中点

指定下一点或［放弃（U）］：捕捉右上方的中点

指定下一点或［放弃（U）］：捕捉右下方的中点

指定下一点或［闭合(C)/放弃(U)］：捕捉左下方的

中点

指定下一点或［闭合(C)/放弃(U)］：c↓

命令：↓

Line 指定第一点：捕捉左方的中点

指定下一点或［放弃（U）］：捕捉上方的中点

指定下一点或［放弃（U）］：捕捉右方的中点

指定下一点或［闭合(C)/放弃(U)］：捕捉下方的中点

指定下一点或［闭合(C)/放弃(U)］：c↓

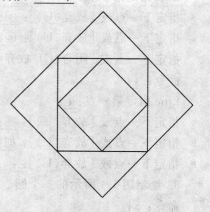

图 1-11

8. 以其他的文件名保存。

单击下拉式菜单［文件］→［另存为］，出现"图形另存为"对话框，选择存储的目录，取名 LAB1，单击"保存"按钮，完成存盘。

9. 打开其他文件。

单击下拉式菜单［文件］→［打开］，出现"选择文件"对话框，选择文件 bg，单击"打开"按钮。

或者在下拉式菜单［文件］下方的最近文件列表中选择文件 bg。

10. 查看打开的不同文件。

在［窗口］菜单下的窗口列表中选择需查看的文件，比较两次所保存的不同文件。

实验二　基本绘图和编辑命令(一)

一、实验目的

通过实验进一步理解和掌握 AutoCAD 软件基本绘图命令 Line,Circle,Arc,Ellipse 等命令的操作方法。

二、实验内容和要求

【内容】

1. 绘制图 2-1 中的图形。
2. 练习 Line,Circle,Arc,Ellipse 等命令的操作方法。
3. 练习直角坐标系和极坐标系下的绝对坐标和相对坐标输入方法。
4. 进一步练习捕捉的方法。
5. 练习辅助绘图工具的使用。

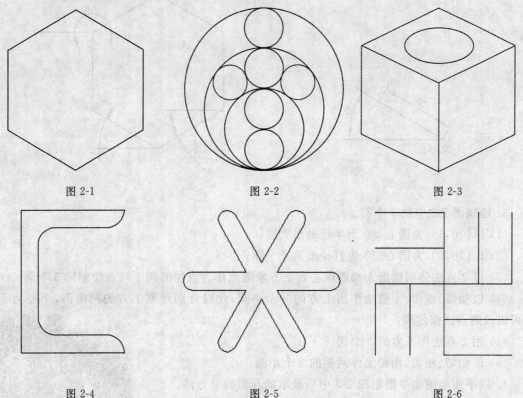

图 2-1　　　　　　　　　图 2-2　　　　　　　　　图 2-3

图 2-4　　　　　　　　　图 2-5　　　　　　　　　图 2-6

【要求】

1. 6 个图形绘制在一幅图纸上，将所绘制的内容保存在 LAB2 文件中。

2. 第 6 个图形用栅格捕捉输入坐标。

三、实验指导

1. 将图幅大小设为（150,100）；

2. 绘制边长为 20 的正六边形

（1）如图 2-7 所示，用 Line 命令画一条起点为（22,45），长度为 20，倾斜角度为 30°的线段。终点用极坐标系下相对坐标法输入，坐标为@20＜30；

（2）用直角坐标系的相对坐标法画出竖线；

（3）用极坐标系下相对坐标法输入第 3 段的终点。坐标为@20＜150；

（4）反复用直角坐标系和极坐标系下相对坐标法输入各个端点。极坐标系下的角度如图 2-8 所示；

（5）如果作图过程没有中断，最后可输入 C，使六边形闭合。如果中断，可通过捕捉使其闭合。

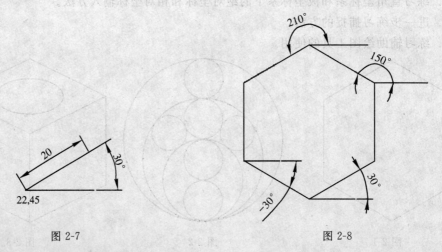

图 2-7   图 2-8

3. 绘制图 2-2 中的 7 个圆。

（1）以（70,65）为圆心，20 为半径画出大圆；

（2）以（70,60）为圆心，30 为直径画第 2 个圆；

（3）以 2 点法分别捕捉大圆的圆心和下方象限点作为直径的两个端点绘制第 3 个圆；

（4）以相切、相切、半径法作出上方的一个小圆，此时分别点取上方的两个圆，半径为 5。也可以以两点法作此圆；

（5）用 2 点法作下方的 3 个圆；

（6）以相切、相切、相切法作两侧的 2 个小圆。

4. 以平面绘图命令绘制图 2-3 中所显示的开洞的立方体。

（1）如图 2-9 所示，以（125,45）为起点，沿逆时针方向作出立方体的左侧面；

（2）继续作出立方体的前侧面，如图 2-10；

（3）如图 2-11，按同样的方法作出上侧面；

（4）如图 2-12 所示，以中心点法绘制上侧面的洞。其中中心点可以以点过滤捕捉方式取上方顶点的 X 坐标，取右侧顶点的 Y 坐标得到。也可以先画出上侧面的 2 条对角线，以交点为椭圆中心点。

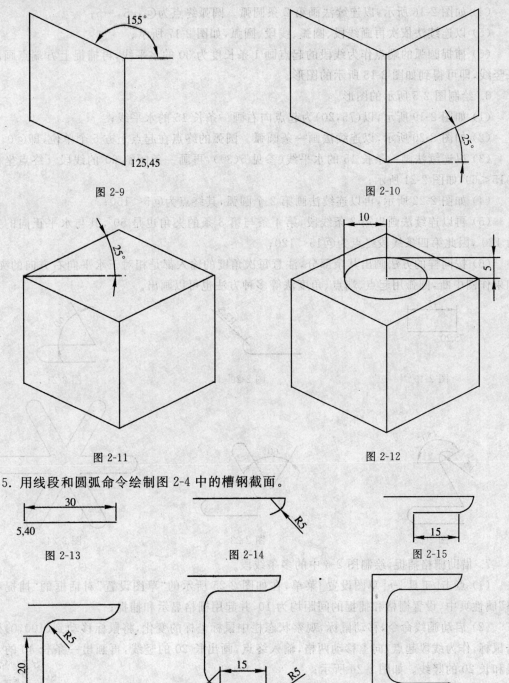

图 2-9

图 2-10

图 2-11

图 2-12

5. 用线段和圆弧命令绘制图 2-4 中的槽钢截面。

图 2-13

图 2-14

图 2-15

图 2-16

图 2-17

图 2-18

（1）如图 2-13 所示,以(5,40)为起点,画一条长度为 30 的水平线;

（2）如图 2-14 所示,以起点、圆心、角度法绘制一个四分之一圆。圆心在起点左侧 5 个单位,即 @-5,0,角度为-90;

（3）以连续法画一条长度为 15 的水平线(启动 Line 命令输入起点时,直接回车,然后输入长度 15)。如图 2-15 所示;

（4）如图 2-16 所示,以连续法画第 2 条圆弧。圆弧终点为 @-5,-5;

（5）以连续法依次再画线段、圆弧、线段、圆弧,如图 2-17 所示;

（6）捕捉圆弧的端点作为线段的起点画 1 条长度为 30 的水平线,再捕捉上方端点画出一条竖线,即可得到如图 2-18 所示的图形。

6. 绘制图 2-5 所示的图形。

（1）如图 2-19 所示,以(75,20)为起点向右画一条长 15 的水平线;

（2）如图 2-20 所示,以连续法画一条圆弧。圆弧的终点在起点上方 5 个单位,即 @0,5;

（3）以连续法画一条长 15 的水平线(参见 5(3)),再画一条倾斜 60°的线段。终点坐标为 @15<60,如图 2-21 所示;

（4）如图 2-22 所示,再以连续法画第 2 个圆弧,其终点为 @5<150;

（5）再以连续法画出第 3 条线段,第 4 条与第 3 条的夹角也是 60°,其与水平正向的夹角为 120°,因此第四条线段终点为 @15<120;

（6）按同样的方法画出其余部分,注意每次角度的输入都是相对于水平向右方向的夹角,如果作图中断,圆弧用起点、端点、角度法等多种方法也可以画出。

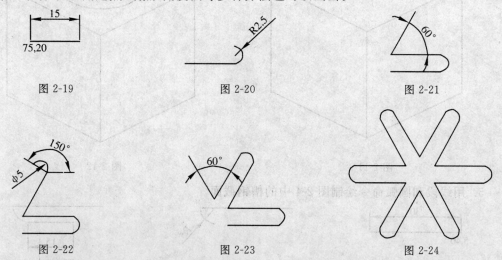

图 2-19　　　　　　　　图 2-20　　　　　　　　图 2-21

图 2-22　　　　　　　　图 2-23　　　　　　　　图 2-24

7. 借助栅格捕捉,绘制图 2-6 中的多条线段。

（1）点击［工具］→［草图设置］菜单,在如图 2-25 所示的"草图设置"对话框的"捕捉和栅格"属性页中,设置栅格和捕捉的间距均为 10,并起用栅格显示和捕捉;

（2）启动画线命令,移动鼠标,观察状态栏中鼠标坐标的变化,将鼠标移动到(100,0)处点击鼠标,作为线段起点,向上移动两格,输入终点,画出长 20 的竖线,再画出一条长 40 的水平线和长 20 的竖线。如图 2-26 所示;

（3）按同样的方法,可以非常方便的以栅格和捕捉方法画出图 2-28 中所示的结果。

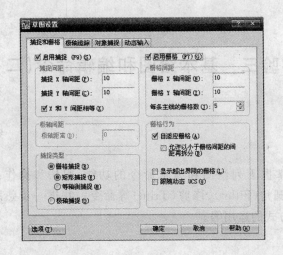

图 2-25

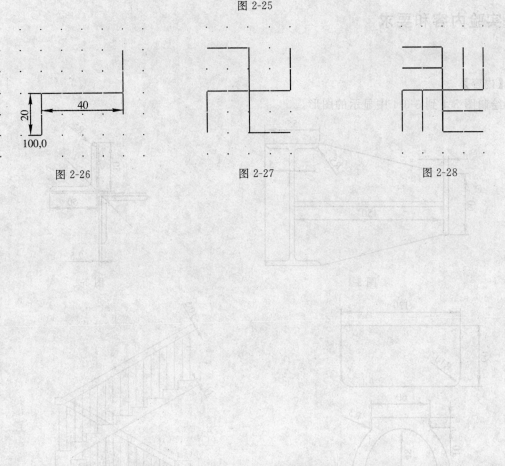

图 2-26　　　　　　　　图 2-27　　　　　　　　图 2-28

实验三　基本绘图和编辑命令(二)

一、实验目的

通过实验,理解和掌握下列绘图和编辑命令的功能、用法和操作:镜像(Mirror)、偏移(Offset)、复制(Copy)、圆角(Fillet)、修剪(Trim)等命令。并进一步熟悉点的"自"、"点过滤器"捕捉方式以及正交方式的运用等。

二、实验内容和要求

【内容】

绘制图 3-1 到 3-3-4 中显示的图形。

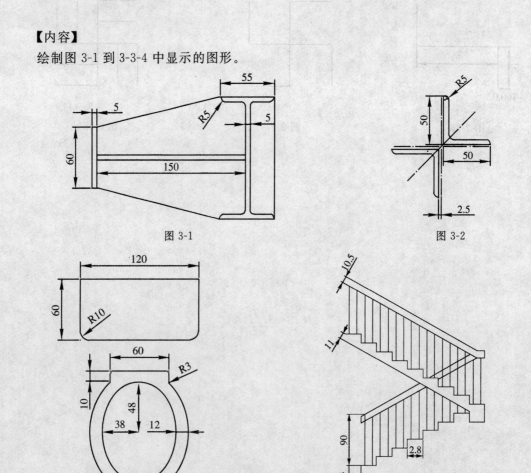

图 3-1

图 3-2

图 3-3

图 3-4

物体名称	尺　寸		
	长（mm）	宽（mm）	高（mm）
洗涤池	310～610	300	200
	310～430	320	
	850～1 050	450	
灶　具	700	380	120
微波炉	550～60	400～500	400
抽油烟机	750	560	70

图 3-5

【要求】5 个图形绘制在一幅图纸上，将所绘制的内容保存在 LAB3 文件中。

三、实验指导

1. 设置图幅范围为 600,450。

2. 绘制图图 3-1 中所示的图形。

(1) 以(170,280)为起点画上方的水平线。长度为 27.5；

(2) 用起点、圆心、角度法绘制左侧的圆弧。起点捕捉线段的端点，圆心在起点右侧 5 个单位，即(@5,0)，圆心角为 90°。也可以用起点、圆心、端点法或起点、端点、角度等多种方法来画。但不能用连续法；

(3) 用连续法画 1 条长度为 15 的水平线；

(4) 有连续法画第 2 个圆弧，终点为(@5,−5)；

(5) 用连续法画一条长度为 50 的竖线。如图 3-6 所示；

(6) 用镜像复制命令复制左半部分。镜像轴的一个端点为原先的右上方端点，在正交方式下在上侧或下侧任意点一点，作为镜像轴的另一个端点，保留原来的部分即可得到如图 3-7 所示的图形；

(7) 用 Line 命令画出如图 3-8 所示的图形。上方的一条水平线可以用偏移(Offset)命令得到，也可用"自"的捕捉方式先捕捉下方水平线的端点，再输入偏移量@0,2.5，得到一个起点，再用"垂足"捕捉得到另一个端点；

(8) 以下方水平线为镜像轴对原有部分进行镜像复制，得到如图 3-9 所示的图形；

(9) 删除中间的水平线，并画出右侧的竖线。

3. 绘制如图 3-2 所示的十字角钢截面。

(1) 点击[格式]→[线型]菜单，在"线型管理器"对话框中点击"加载"按钮，加载长点划线(ISO long-dash dot)线型后，选中该线型，点击"当前"按钮，作为当前线型；

(2) 画 3 条长度均为 100 的水平线、竖直线和 45°的斜线；

(3) 分别移动 3 条线段，使其中点均移到(255,180)处，得到如图 3-10 所示的图形；

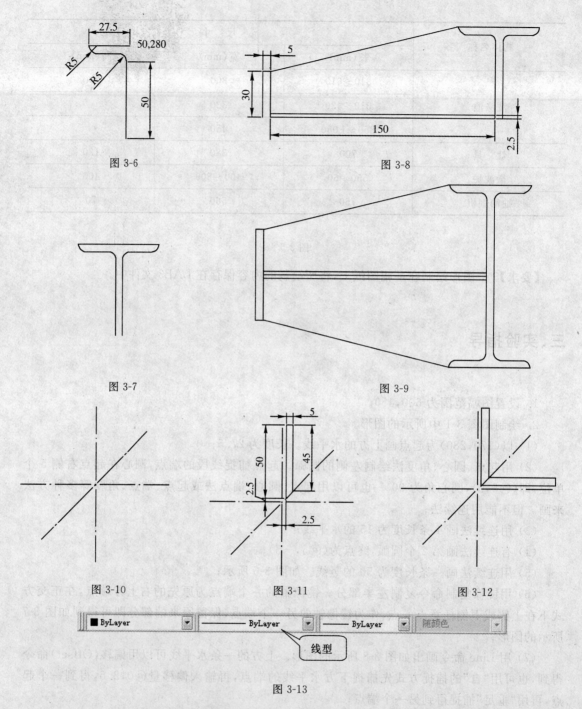

图 3-6

图 3-8

图 3-7

图 3-9

图 3-10

图 3-11

图 3-12

线型

图 3-13

（4）如图 3-13 所示，再在"对象特性"工具条中的"线型"下拉列表选择"随层"，将当前线型设为"随层"；

（5）按图 3-11 所示的尺寸画出 3 条边，起点离开坐标轴中心的距离为(2.5,2.5)，可以用"自"的捕捉方式先捕捉交点，再输入偏移量@2.5,2.5，也可以直接输入其绝对坐标(257.5, 182.5)；

（6）对 3 条边进行镜像复制，以下端的两个端点为镜像轴的端点，并保留原有部分，得到图 3-12；

（7）在 3 个直角处进行圆角操作，3 个圆角的半径均为 5。可得如图 3-14 所示的结果；

（8）如图 3-15 所示，以二四象限角平分线为镜像轴对第一个角钢进行镜像复制，镜像轴的第一个端点为坐标轴的原点，即 3 条线的交点，另一点为二四象限角平分线上除了原点以外的任意一点。可以输入@1<-45 或@1<135，距离也可以不为 1，输入除 0 以外的任意一个数。即可得到如图 3-16 所示的结果。

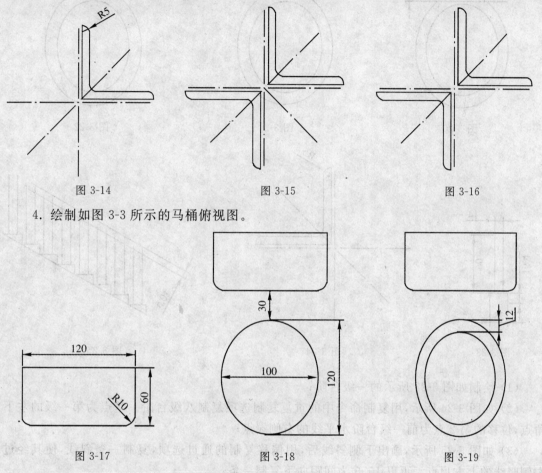

图 3-14   图 3-15   图 3-16

4. 绘制如图 3-3 所示的马桶俯视图。

图 3-17   图 3-18   图 3-19

（1）用画线命令绘制一个长 120 高 60 的矩形；

（2）对矩形的下侧两个角进行倒圆角，圆弧半径为 10。如图 3-17；

（3）如图 3-18 所示，在矩形中心下方 30 个单位处画一个长轴为 120，短轴为 100 的椭圆。椭圆的上侧轴端点可用"自"方式捕捉；

（4）对椭圆向内侧偏移复制，间距为 12。得到图 3-19；

（5）如图 3-20 所示，从椭圆的上侧轴端点连续向右、再向下、再向左画 3 条线段，前 2 条长度分别为 30 和 10，第 3 条用正交方式使端点在左侧并在椭圆外侧即可；

（6）用修建命令将外侧椭圆的上方部分裁减掉，再用镜像复制命令将左侧的 2 条线复制到右侧，镜像轴的一个端点为椭圆的上侧轴端点，另一个端点用正交方式在竖直方向确定一点即可。再将裁剪用的水平线删除。可得到图形 3-21；

（7）对线段与线段的连接处和线段与椭圆弧的连接处进行倒圆角处理，圆弧半径均为 3，即可得到如图 3-22 所示的图形。

5. 绘制图 3-4 所示的楼梯。

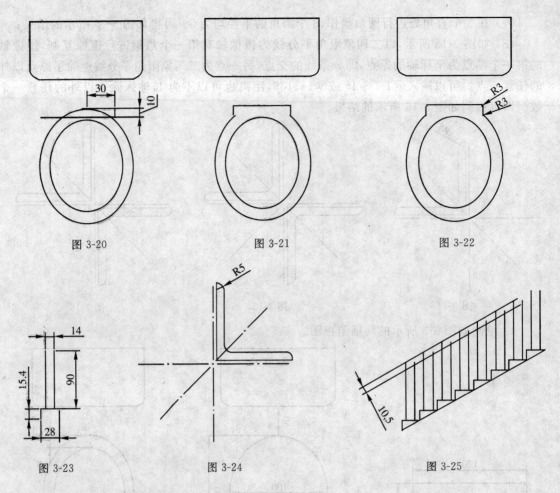

图 3-20　　　　　　　　图 3-21　　　　　　　　图 3-22

图 3-23　　　　　　　　图 3-24　　　　　　　　图 3-25

（1）绘制如图 3-23 所示的一级台阶；

（2）如图 3-24 所示，用复制命令中的重复复制选项复制八级台阶。基点为第一级的左下角点，位移的第 2 点为前一级台阶水平线的右侧端点；

（3）如图 3-25 所示，画出下侧斜线后，用偏移复制的通过选项，复制一条斜线，使其经过左侧竖线的上方顶点。再以 10.5 为间距向下复制一条；

（4）如图 3-26 所示，使用修剪命令，并将边延伸模式设置为延伸，以下方斜线为边界将竖线伸出的部分修剪掉；

（5）在正交方式下以一条竖线为对称轴对原有图形进行镜像复制，可得图 3-27 所示的图形；

（6）如图 3-28 所示，将复制出来的右侧部分移动到原先的上侧；

（7）使用圆角命令，设置圆弧半径为 0，修剪模式为修剪，对扶手的两对边进行倒圆角操作，使之延长相交。可得如图 3-29 所示的图形；

（8）使用延伸命令，设置边的延伸模式为延伸，以最上方的竖线为边界，对上方的两条斜线进行延伸；

（9）用画线命令，捕捉转角的端点，右侧的两点用点的过滤捕捉方式捕捉。裁剪掉竖线多余部分后可得 3-30 的图形；

（10）如图 3-31 所示，以 11 为间距，对上方楼梯的下侧斜线进行偏移复制；

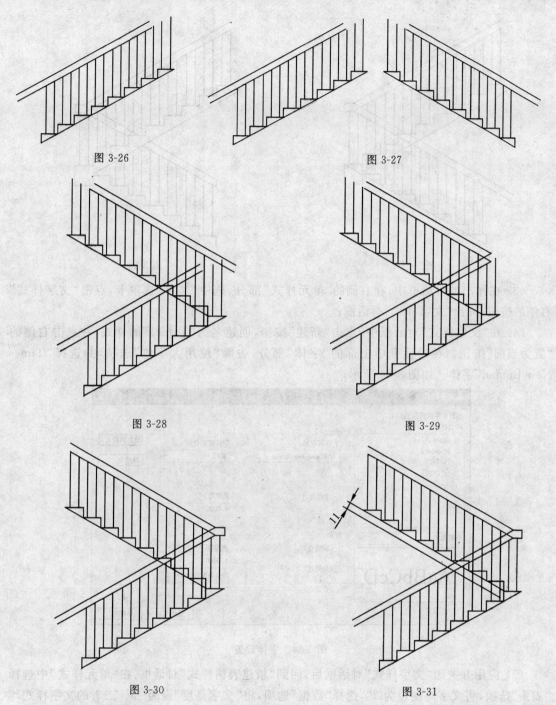

图 3-26　　　　　　　　　　　　图 3-27

图 3-28　　　　　　　　　　　　图 3-29

图 3-30　　　　　　　　　　　　图 3-31

　（11）删除掉原有斜线。并以点过滤捕捉方式画出中间平台的下侧部分。使其下方水平线与左侧的一级台阶相平,得到图 3-32;

　（12）最后用修剪命令裁剪掉多余的线段。即可得图 3-33 的楼梯。

　6. 绘制图 3-5 所示的表格。

　（1）启动"表格"命令。并在"插入表格"对话框中,点击"表格样式"后部的"启动'表格样式'对话框"按钮,弹出"表格样式"对话框;

　（2）在对话框中,点击"新建"按钮,输入新样式名"Table1",点击"继续"按钮;

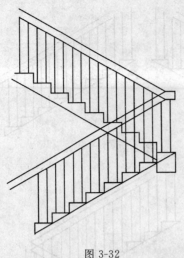
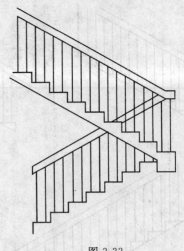

图 3-32   图 3-33

（3）在弹出的对话框中，在右侧的"单元样式"部分，选中"文字"选项卡，点击"文字样式"右侧的按钮，弹出"文字样式"对话框；

（4）在"文字样式"对话框中，点击"新建"按钮，创建名为"Table1"的样式，并点击右侧的"置为当前"按钮。在对话框中上部的"字体"部分，去除"使用大字体"选项，并选择"Times New Roman"字体。如图 3-34 所示；

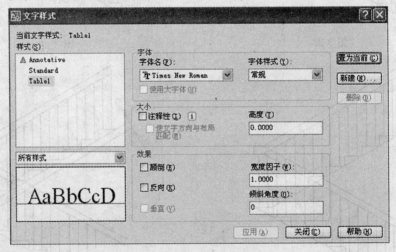

图 3-34   字体设置

（5）应用并关闭"文字样式"对话框后，回到"新建表格样式"对话框，在"单元样式"中选择"表头"选项，将文字高度设为 20，选择"数据"选项，将"文字高度"设为 15。二者的文字样式均为"Table1"。如图 3-35 所示；

（6）确定在"新建表格样式"对话框中的操作，回到"表格样式"对话框，将"Table1"样式置为当前样式；

（7）确定后回到"插入表格"对话框，将"列"设为 4，"列宽"设为 200，"数据行"设为 6。在"设置单元格式"中，将第 1 行和第 2 行设为表头，其他行设为数据。如图 3-36 所示；

（8）点击"确定"后，关闭对话框，在屏幕上输入一点插入表格。如果视图显示过大或过小，可使用视图缩放命令进行视图变换后，进行数据的输入；

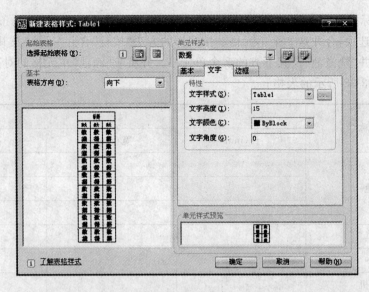

图 3-35　表格样式设定

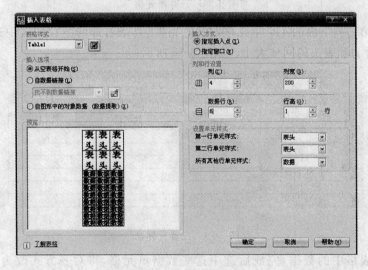

图 3-36　表格插入参数

（9）在表格的对应单元格中输入表头数据，如图 3-37 所示。输入数据时，单击单元格，将弹出"表格"工具条，双击单元格，将弹出"文字格式"工具条；

物体名称	尺　寸		
	长（mm）	宽（mm）	高（mm）
洗涤池			
灶　具			
微波炉			
抽油烟机			

图 3-37　表格标题

（10）用鼠标拉出选择框选中"物体名称"及其下方单元格，在"表格"工具条中，选择"合并单元"的"按列"选项，合并这 2 个单元格。按同样的方法"按行"合并"尺寸"及其右侧的 2 个单元格，"按行"合并"洗涤池"及其下方的 2 个单元格。并将"洗涤池"单元格的对齐方式设为"正中"。得到如图 3-38 所示的表格；

物体名称	尺　寸		
	长（mm）	宽（mm）	高（mm）
洗涤池			
灶　具			
微波炉			
抽油烟机			

图 3-38　合并单元格

（11）选中第一列下面的 4 个单元格，在"表格"工具条右部的下拉列表中选择按"表头"，将字体大小设置为和表头的同样大小。如图 3-39 所示；

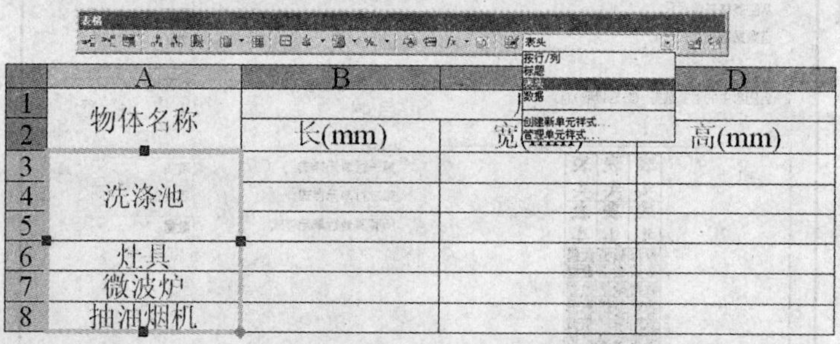

图 3-39　设置行标题

（12）输入表格中的数据，完成后选中这些数据单元格，将对齐方式改为"左中"。如图 3-40 所示。最后得到如图 3-5 所示的表格。

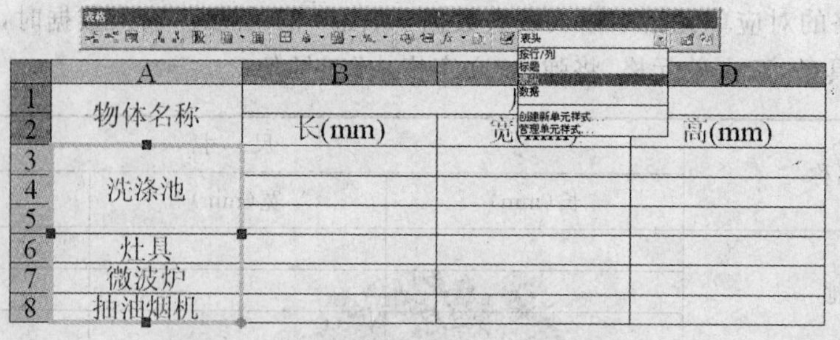

图 3-40　设置数据单元格

实验四　高级绘图和编辑命令(一)

一、实验目的

通过实验,理解和掌握多段线的绘制和编辑方法以及图层设置的有关操作。并进一步练习下列绘图和编辑命令的功能、用法和操作:删除(Erase)、镜像(Mirror)、偏移(Offset)、复制(Copy)、延伸(Extend)、射线(Ray)、定数等分(Divide)等命令。并进一步熟悉点的"点过滤器"捕捉方式以及正交方式的运用等。

二、实验内容和要求

【内容】

绘制图 4-1 中到图 4-6 显示的图形。

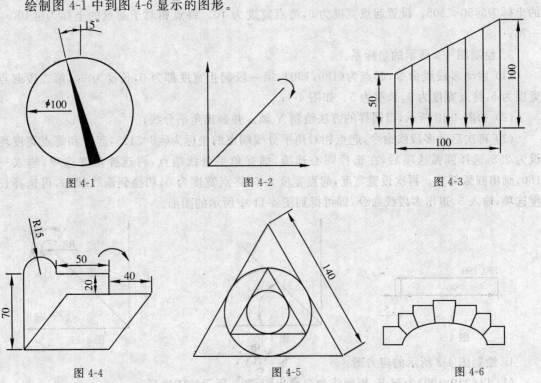

图 4-1　　　　　　　　图 4-2　　　　　　　　图 4-3

图 4-4　　　　　　　　图 4-5　　　　　　　　图 4-6

【要求】

4 个图形绘制在一幅图纸上,将所绘制的内容保存在 LAB3 文件中。

三、实验指导

1. 设置图幅范围为 450,330。
2. 绘制图 4-1 中所示的指北针。

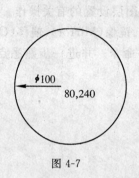

图 4-7

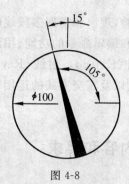

图 4-8

（1）绘制一个圆心为（80,240），直径为 100 的圆。如图 4-7；

（2）启动多段线命令，如图 4-8，起点与圆心的连线与水平方向夹角为 105°，其相对于圆心的坐标为@50＜105。设置起点宽度为 0，终点宽度为 10。终点相对于起点的坐标为@100＜－75；

3. 绘制图 4-2 所示的坐标系。

（1）启动多段线命令，起点为（180,190），第一段起止宽度都为 0，长度为 90，第二段起点宽度为 5，终点宽度为 0，长度为 5。如图 4-9；

（2）如图 4-10 所示，以同样的方法绘制 Y 轴。并画出角平分线；

（3）再次启动多段线命令，起点相对角平分线端点的坐标为@8＜125，起点和终点宽度均设为 2.5，选择圆弧选项后，在选择圆心选项，捕捉角平分线端点，再选择角度选项，输入－160，画出圆弧部分。再次设置宽度，起点宽度为 5，终点宽度为 0，切换到画线状态，再选择长度选项，输入 5，退出多段线命令，即可得到图 4-11 中所示的图形。

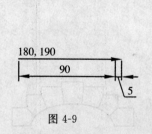

图 4-9

图 4-10

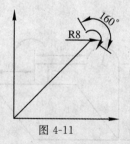

图 4-11

4. 绘制图 4-3 所示的应力图。

（1）以（310,190）为起点，用画线命令画出图 4-12 所示的四边形；

（2）设置点的式样为图 4-13 中所示的短竖线形式；

（3）用定数等分命令将上下两条线 6 等分，即可得到图 4-13 中所显示的图形；

（4）用多段线命令从下往上作第 1 条箭头，第一段的起点宽度为 0，终点宽度为 5，长度为

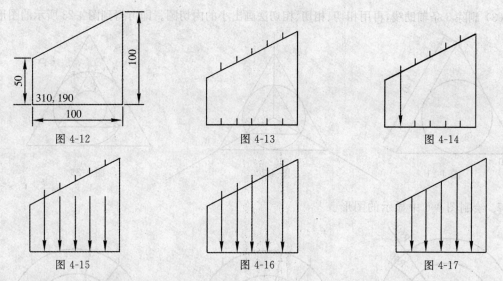

图 4-12　　　　　　　　图 4-13　　　　　　　　图 4-14

图 4-15　　　　　　　　图 4-16　　　　　　　　图 4-17

10，再将起止宽度都设为 0 后，连到上方的等分点。如图 4-14 所示；

（5）用复制命令的重复复制选项复制图 4-15 中另外 4 个箭头。基点为原箭头的下方顶点，偏移点为下方水平线上其他 4 个等分点；

（6）用延伸命令将复制出的箭头上方延伸到上方的斜线上。如图 4-16 所示；

（7）用删除命令将原先作的等分点删除，即可得到图 4-17 中显示的结果。

5. 绘制图 4-4 中所示的工具条中打开文件的图表。

（1）启动多段线命令，起点为(30,40)，设置起止线宽均为 0，向上画出长为 70 的竖线后，选择圆弧选项，终点为@30,0。如图 4-18 所示；

（2）切换到线段选项，按图 4-19 所示的尺寸，以 ABCDEFB 的顺序完成第一条多段线；

（3）再次启动多段线命令，起点用"自"捕捉方式，捕捉 A 点，再输入偏移量@−10,15，作为圆弧的起点，选择圆弧方式后，再选择圆心选项，圆心为@15<−30，再选择角度选项，角度为−120，画出圆弧。

再选择线段方式，并设置起点宽度为 5，终点宽度为 0，在长度方式下输入长度 5，即可得到图 4-20 所示的图形。

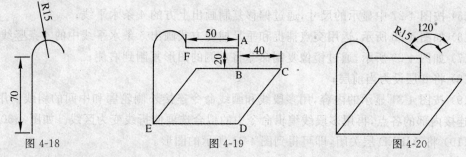

图 4-18　　　　　　　　图 4-19　　　　　　　　图 4-20

6. 绘制图 4-5 所示的三角形和圆。

（1）以(160,40)为起点，用画线命令画出边长为 140 的三角形。并用相切、相切、相切法画出其内切圆。如图 4-21 所示；

（2）如图 4-22 所示，用射线命令，起点为圆心，通过点为三角形的 3 个顶点，画出 3 条辅助线。以射线与圆的交点为顶点画出圆的内接三角形；

（3）删除 3 条辅助线,再用相切、相切、相切法画出小的内切圆。即可得到图 4-23 所示的图形。

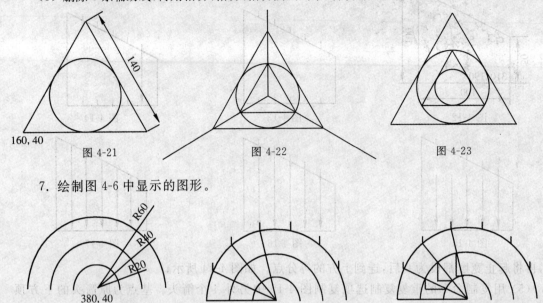

图 4-21　　　　　　　图 4-22　　　　　　　图 4-23

7. 绘制图 4-6 中显示的图形。

图 4-24　　　　　　　图 4-25　　　　　　　图 4-26

（1）建立一个新的图层 AIDED,并设置为当前层;

（2）以(380,40)为圆心,画一个半圆。再以 20 为间距,向外进行偏移复制两次,即可得到图 4-24 所示的图形;

（3）设置点的式样后用定数等分命令将外侧圆弧 7 等分。连接左侧的四个顶点到圆心。可得图 4-25 所示图形;

（4）如图 4-26 所示,画出 3 组水平线和竖直线。中间的点用过滤捕捉可以较方便得到;

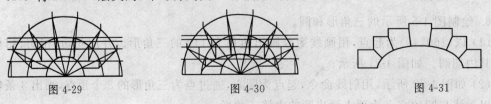

图 4-27　　　　　　　　　　　　　　图 4-28

（5）按图 4-27 中显示的尺寸,通过偏移复制画出上方的 4 条水平线;

（6）如图 4-28 所示,运用交点捕捉和垂足捕捉方式画出 5 条水平线中的 4 条竖线;

（7）如图 4-29 所示,通过镜像复制命令将左侧的图形复制到右侧;

（8）将 0 层设为当前层;

（9）按图 4-31 显示的内容,用多段线和画线命令连接外侧轮廓和中间的斜线。用多段线命令连接内部的各点,再用多段线编辑命令中的拟合选项使折线变为区线。如图 4-30 所示;

（10）将 AIDED 层关闭,即可得到图 4-31 所示的图形。

图 4-29　　　　　　　图 4-30　　　　　　　图 4-31

实验五 高级绘图和编辑命令(二)

一、实验目的

通过实验,理解和掌握下列绘图和编辑命令的功能、用法和操作:矩形(Rectangle)、正多边形(Polygon)、圆环(Donut)、椭圆(Ellipse)、多段线(Polyline)、镜像(Mirror)、偏移(Offset)、圆角(Fillet)、修剪(trim)、阵列(Array)、多段线编辑(Pedit)等命令。并进一步熟悉图层和线型设置等操作。

二、实验内容和要求

【内容】

绘制图 5-1 中显示的图形。

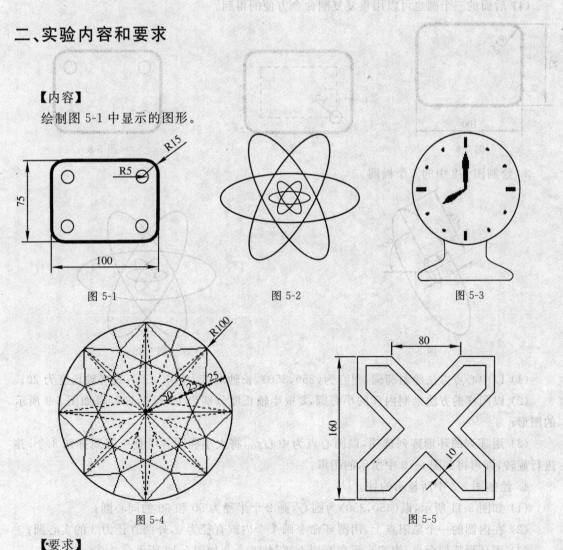

图 5-1   图 5-2   图 5-3

图 5-4   图 5-5

【要求】

4 个图形绘制在一幅图纸上,将所绘制的内容保存在 LAB5 文件中。

三、实验指导

1. 设置图幅范围为 550,450。

2. 绘制图 5-1 所示的图形。

(1) 启动矩形命令,设置宽度为 2,圆角半径为 15,以(25,320)为起点,@100,75 为终点画出图 5-6 中显示的图形;

(2) 如图 5-7 所示,以左下角圆弧的圆心为圆心,5 为半径,画一个圆;

(3) 启动阵列命令,选择矩形阵列,行列值均为 2,按图 5-7 中虚线的显示,直接捕捉左下角和右上角的两个圆心,以单位单元法确定行间距和列间距。即可得到图 5-8 中的结果;

(4) 后面的三个圆也可以用重复复制命令方便的得到。

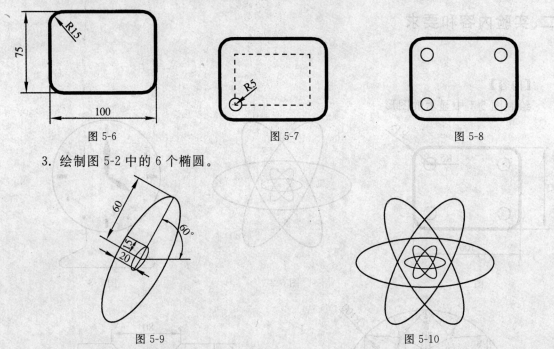

图 5-6   图 5-7   图 5-8

3. 绘制图 5-2 中的 6 个椭圆。

图 5-9   图 5-10

(1) 以中心点方法绘制椭圆,圆心为(250,350),长轴端点为@60<60,短半轴长度为 20;

(2) 以同样的方法绘制内部的小椭圆,2 根半轴长度分别为 15 和 5,即可得如图 5-9 所示的图形;

(3) 用阵列的环形阵列选项,以圆心点为中心点,将大小椭圆各沿整个圆周排列 3 个,并进行旋转,即可得到图 5-10 中所示的图形。

4. 绘制图 5-3 中所显示的钟。

(1) 如图 5-11 所示,以(450,350)为圆心,画 2 个半径为 50 和 60 的同心圆;

(2) 在内圆的一个象限点上,用圆环命令画 1 个内圆直径为 0,外圆直径为 3 的实心圆;

(3) 用环形阵列命令,使实心圆在圆周上复制 12 个。如图 5-12 所示;

(4) 如图 5-13 所示,删除在象限点上的 4 个实心圆。并在一个象限点上画一条宽度为 5

长度为 10 的多段线。起点用"自"方式捕捉；

（5）同样用环形阵列命令，使多段线在圆周上复制 4 个。如图 5-14 所示；

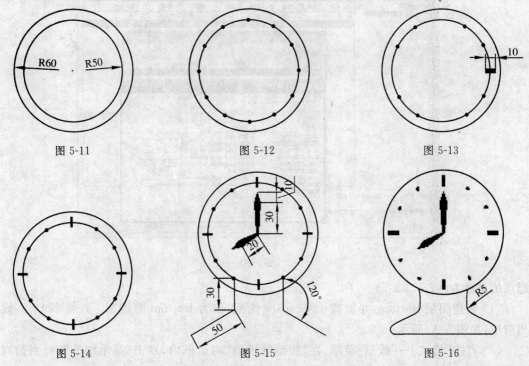

图 5-11   图 5-12   图 5-13

图 5-14   图 5-15   图 5-16

（6）启动多段线命令，以圆心为起点，起点宽度为 2，终点宽度为 6，向上画出 30 长的第 1 段，再将终点宽度设为 0，画出长度为 10 的第 2 段作为时针；

（7）按同样的方法和同样的宽度设置，画出长度为 20 和 10 的两段，作为分针。其方向为－150；

（8）在 7 点处向下画出长为 30 的一段后，再画长 50，角度为－150 的第 2 段；

（9）将两条线镜像到右侧。可得图 5-15；

（10）以 5 为半径，对转角和连接处进行倒圆角操作。将内侧的圆删除后，即可得到图 5-16 中的图形。

5. 绘制图 5-4 中所显示的钻石。

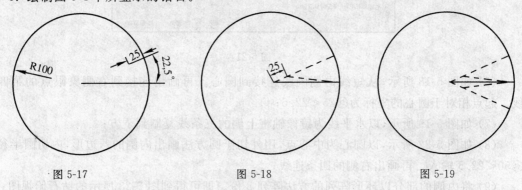

图 5-17   图 5-18   图 5-19

（1）以（130,120）为圆心，100 为半径画一个圆；

（2）以右侧象限点为起点，圆心为终点画一条水平线；

（3）再画出图 5-17 中右上角的短线。起点相对于圆心的坐标为@75＜22.5，终点相对于

— 97 —

图 5-20

起点的坐标为@25＜22.5；

(4) 新建图层 Bottom，并加载 dash space 线型，作为 Bottom 的线型。并将 Bottom 设为当前层，如图 5-20 所示；

(5) 点击[格式]→[线型]菜单，在"线型管理器"对话框内，点击"显示细节"，将当前对象缩放比例设为 0.2，如图 5-21 所示；

图 5-21

(6) 如图 5-18 所示，从短线内侧画线连接到圆心。再画出连接到右侧象限点的第四条线。起点相对于圆心的坐标为@25＜22.5；

(7) 如图 5-19 所示，以水平线为镜像轴将上侧的三条线复制到下方；

(8) 如图 5-22 所示，以圆心为中心点，用外切于圆方法画出内侧的八边形，内切圆半径用@50＜22.5 输入。再画出右侧的四条连线；

(9) 将内侧的部分以环形阵列的方法阵列 8 份。即可得到图 5-23 所示的钻石俯视图；

(10) 将 Bottom 层设为不可见，即可只显示钻石的上方侧面，隐藏其下方各侧面。如图 5-24 所示。

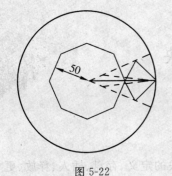

图 5-22

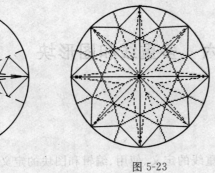

图 5-23

图 5-24

6. 绘制图 5-5 中显示的图形。

（1）以（310，40）为左下角点，边长为 160 画一个正方形。如图 5-25 所示；

（2）以上方的中点为中心，以内结于圆的方式画图 5-26 中的正方形。外接圆半径为@40，0；

（3）用重复复制命令复制另 3 个正方形。基点为上边的中点，位移的第二点分别为其他三条边的中点。即可得到图 5-27；

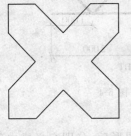

图 5-25

图 5-26

图 5-27

（4）用修剪命令将多余的部分裁剪掉。得到图 5-28。修剪操作可在一个命令内完成。选择边界时将 5 个正方形全部选中，右键确认后，依次点取将修剪的部分即可；

（5）用偏移复制命令，以 10 为间距，选择相邻的两条折线向内复制，得到图 5-29 的结果，内侧的两条线相交，并非期望的结果；

（6）用 Undo 命令撤销前一步操作；

（7）用多段线编辑命令，选择任意一条后，再用合并选项，选择其他折线，使其合并成一个整体；

（8）再用偏移复制命令对合并后的多段线向内复制，即可得到图 5-30 中的结果。

图 5-28

图 5-29

图 5-30

实验六 多重线和图形块

一、实验目的

通过实验进一步理解和掌握多重线的定义、使用、编辑和图块的定义、存盘、插入、释放、更新以及命令的操作。

二、实验内容和要求

【内容】

1. 绘制图 6-1、图 6-2、图 6-3、图 6-4 中所示图形,并分另定义成块(块名如图所注);

2. 多重插入 WIN1 图块(3 行 2 列,行距 3 500,列距 4 000.使成图 6-5。然后,使用块更新方法,将其更新成图 6-6;

3. 在图 6-6 中插入块 HEIGHT(标高符号);

4. 绘制图 6-7 所示的图形。

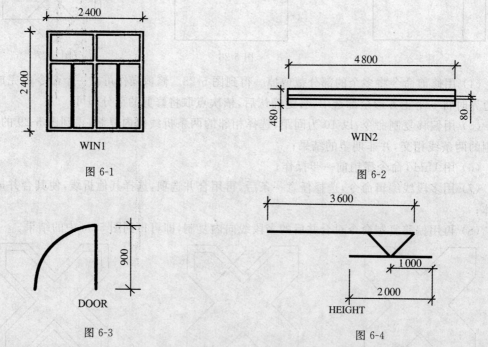

图 6-1   图 6-2

图 6-3   图 6-4

【要求】

1. 按图 6-1、图 6-2、图 6-3、图 6-4 中的尺寸 1:1 绘制出四个图形后,分别定义成内部图形块;

2. 将图 6-5 和图 6-6 画在同一屏幕上；

3. 图 6-7 需分图层绘制。墙中心轴线（红色），内外墙面（原色），窗和门（绿色）各设一图层。且窗门均采用块插人；

4. 图 6-7 绘制完成后，取名 TEST6 存盘。

三、实验指导

（1）进人 CAD 系统并选择一个样板图，绘制图 6-1 到图 6-4 所示的四个图并定义成图块；

（2）用 Limits 命令设置绘图界限（18 000，13 500），并用 Zoom 命令将界限显示在屏幕内。然后绘制图 6-1 所示的四个图形（在画图时，尺寸不必标上）；

（3）执行 Block 命令并分别选择四个图形，然后定义成 WIN1，WIN2，DOOR，HEIGHT 图形块；

（4）在定义成图形块时 DOOR 的插入基点取在直线的下端点，图块 HEIGHT 的插人基点取在下部直线的左端点。图块 WIN1 的插入基点取在左下角点，图块 WIN2 的插入基点在左边的中点。操作时，若图形过小，可使用 Zoom 命令放大；

（5）调用 Minsert 命令，多重插入块 WIN1（3 行 2 列，行距 3 500，列距 4 000；插入比例因子均为 1），产生图 6-5 所示结果；

（6）调用 Insert 命令，再插人一个块 WIN1（插人点位置任意，插人比例因子均为 1）。然后用 Explode 命令将其爆炸；

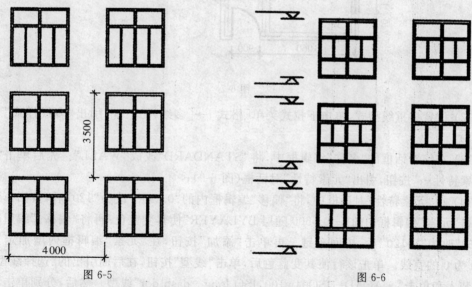

图 6-5 图 6-6

（7）运用画线命令以及一些编辑命令（如 Trim 和 Erase 等），将炸开的图形块 WIN1 编辑成图 6-6 中的单图形式（整体尺寸不变）；

（8）再用 Block 命令重新定义图形块 WIN1（块名和插入点不变，将原块覆盖）。于是图 6-5 中的所有窗户自动变成图 6-6 中窗户的形式（标高图块是后面加上去的），这就是图块的重新定义；

(9) 调用 Insert 命令,在窗的左边端插入块 HEIGHT。首先在左上角窗的上沿角点插入该图块,插入完成后用 Mirror 令镜像复制到下沿(对称线是两个中点的连线);

(10) 用 Copy 命令将两个标高复制到下面两个窗户上,结果如图 6-6;

(11) 下面让我们来绘制图 6-7 所示的图形,单击屏幕左上部"图层"图标,引出图层对话框。在对话框中定义 AXIS,WALL,WINDOOR 图层,并根据题目要求设置相应属性(颜色和线型);

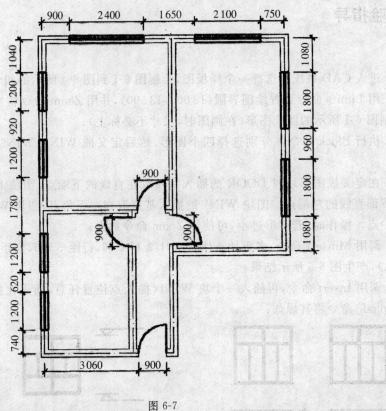

图 6-7

(12) 设置多重线型式,单击下拉式菜单「格式」→[多线样式…],引出"多线样式"对话框(图 6-8);

(13) 在该对话框的"名称"编辑框中,将"STANDARD"改成"WALL"。先后单击"添加"和"元素特性…"按钮,引出"元素特性"对话框(图 6-9);

(14) 在"元素特性"对话框中,将"偏移"编辑框内的"0.500"改为"120"后,按回车键。然后,单击"元素"编辑框内的"−0.500 随层 BYLAYER"使其变蓝色.再将"偏移."编辑框内的"0.500"改为"−120"后,按回车键。再单击"添加"按钮,在"元素"编辑框内增加定义一条 Offset 为 0 的直线。单击该行使其变蓝色后,单击"线型"按钮,在后面引出的"选择线型"对话框中,装入和单击" * ACAD−ISO04w100,ISO long−dash dot"线型。然后,分别单击"确定"按钮退出 3 个对话框,完成设置;

(15) 将 WALL 设为当前层,并先后用 ML 和 Mledit 命令绘制和编辑墙线。绘制时,可分段绘制,并在"T"字形交接处按图中尺寸输入端点,以便画内墙时捕捉端点(图 6-10);

(16) 调用 Explode 命令炸开多重线,然后用 Ddmodify 或 CH 命令,将轴线移到 AXIS 图层。再调用"图层特性管理器"对话框,将 WALL 图层关闭;将 WINDOOR 图层置为当前图

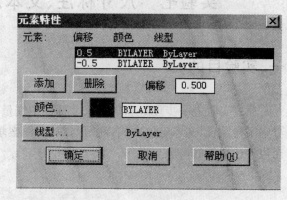

图 6-8   图 6-9

层。用 Insert 命令插入 WIN2 和 DOOR 图块,插入点均采用端点捕捉(图 6-11);

（17）调用"图层特性管理器"对话框,将 WALL 图层打开,结果就得到图 6-7 所示的图形。

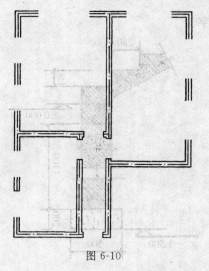

图 6-10

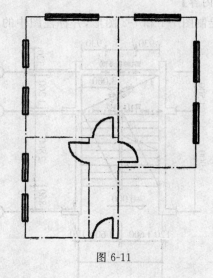

图 6-11

实验七 尺寸标注、文本注写与编辑、图案填充

一、实验目的

通过实验进一步理解和掌握尺寸标注中变量设置,尺寸类型,标注方式,尺寸修改;文本注写中字样设置,文本定位方式,注写与编辑;图案填充中图案选择,填充方式,填充参数设定,填充边界选择等的概念与操作。

二、实验内容和要求

【内容】

绘制图 7-1 和 7-2 图形,并标注图中的尺寸和文字。

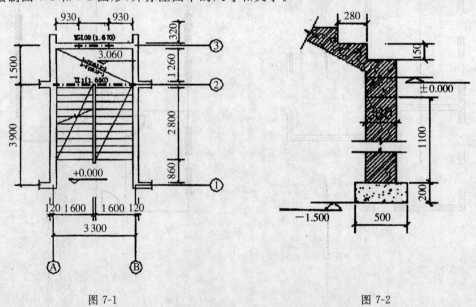

图 7-1   图 7-2

【要求】

1. 使用公制画图,按图中尺寸 1∶1 输入,两图画在同一屏幕上;

2. 图 7-2 图形完成后,需放大为原图的 2.5 倍,但尺寸标注数值不能改变;

3. 两图完成后,取名 TEST7 存盘。

三、实验指导

（1）根据图中尺寸，图 7-1 长约 6 500，宽约 4 000；图 7-2 经放大后长约 2 600，高约 4 000（中间可采用折断画法）。两图尺寸相加后总长约 11 000，宽约 6 000；

（2）据此，用 Limits 和 Zoom 命令设置和显示绘图限界为 12 000×9 000；

（3）绘制图 7-1 底层楼梯结构平面图；

（4）按 F8 键，打开正交方式。用 Line 命令绘制一水平线和垂直线，结果如图 7-3；

（5）用 Offset 命令作平行线。生成轴线和墙体轮廓线等。结果如图 7-4；

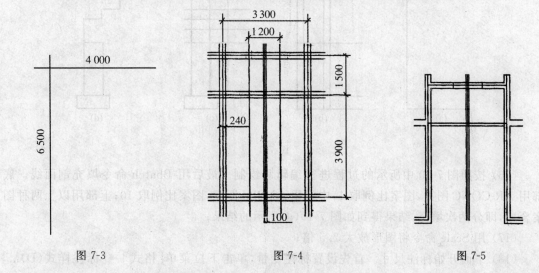

图 7-3   图 7-4   图 7-5

（6）用 Trim 命令修剪多余线段。得到如图 7-5 所示的结果；

（7）用 Array 命令作矩形阵列复制（1 行 11 列），生成楼梯踏步，如图 7-6 所示，间距为 280；

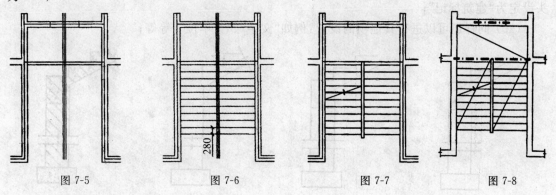

图 7-5   图 7-6   图 7-7   图 7-8

（8）用 Trim 命令修剪多余线段，并用 Line 命令作折断线；用 Offset 和 Trim 命令完成第一级踏步末端轮廓线，结果如图 7-7 所示；

（9）单击"图层"图标，引出"图层特性管理器"对话框，定义 AXIS 图层，并把它关闭。然

后,用 Change 命令,将墙的轴线移到 AXIS 层中,使其不显示;

（10）用 Pline 命令绘制左端窗过梁,粗度为 40。然后,用 Chang 命令,将留过梁和楼梯两线改成点划线(Dashdot)。再用 Ltscale 命令设置线型比例为 25;

（11）用 Line 命令作折断线和预制板注释线,得到的结果如图 7-8 所示;

（12）下面让我们来绘制图 7-2 楼梯基础详图;

（13）用 Line,Offset,Trim 等命令作基础外形线,然后用 Offset 命令作断开线和楼梯底部轮廓线,如图 7-9(b)所示;

（14）用 Trim,Fillet(R＝0)和 Erase 命令删除多余线段,如图 7-9(c)所示;

（15）用 Line 和 Trim 命令画折断线。注意折断线和断开线之间一定要相交,否则会影响后面剖面线填充,结果如图 7-9(d);

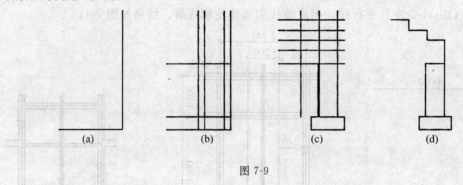

(a)　　　　(b)　　　　(c)　　　　(d)

图 7-9

（16）按照图 7-10 中所示的过程进行编辑和绘制。最后用 Bhatch 命令填充剖面线。底部用 AR-CONC 图案,图案比例取 1;中间用 ANSI3l 图案,图案比例取 10;上部用以上两种图案合成,即分两次填充,结果得到如图 7-10(d)所示的结果;

（17）用 Scale 命令将图形放大 2.5 倍;

（18）下面开始标注尺寸。首先设置标注变量,单击下拉菜单[格式]→[标注样式(D)...]引出"标注样式管理器"对话框(图 7-11);

（19）单击对话框中的"修改(m)..."按钮,引出"修改标注样式"对话框。再单击对话框中的"调整"按钮,将其中的"使用全局比例"设为 70。单击"直线和箭头",并将第一和第二个箭头设定为"建筑标记";

（20）同样还可以进行其他项的设置:例如"文字"、"主单位",等等;

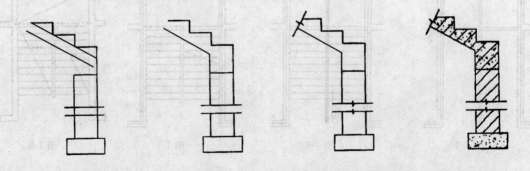

图 7-10

（21）设置完成后,单击"确定"按钮,再单击"关闭"退出"标注样式管理器";

（22）标注水平尺寸。单击下拉式菜单[标注]→[线性],然后,用目标捕捉点取所注尺寸

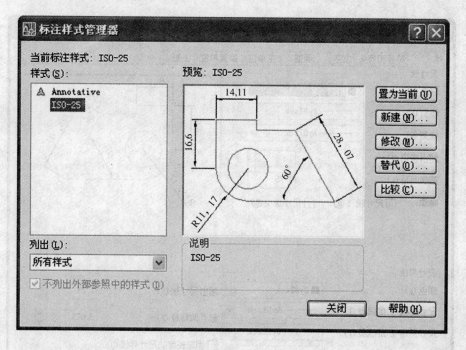

图 7-11

的起点和终点,再用光标指定尺寸数字的位置,即完成一水平尺寸的标注。照此,依次标注出所有水平尺寸标注;

(23)标注垂直尺寸,单击下拉式菜单[标注]→[线性],然后,按标注水平尺寸的同样方法进行标注;

(24)图 7-2 的尺寸由于图形经放大,所以系统测量值不能使用。对此可使用下述方法处理。由于前面是将图形放大 2.5 倍,也就是说图形实际尺寸只是现在测量尺寸的 0.4 倍。因此在图 7-12 所示的对话框中将"比例因子"设为 0.4 即可;

(25)标注轴线编号。具体过程请学员根据前面学过的知识确定;

(26)注写图中的文本。首先设置字样,单击下拉式菜单[格式]→[文字样式],引出"文字样式"对话框如图 7-13;

(27)单击对话框"字体"栏中右端的箭头,弹出字体名列表,从中选取"宋体"。然后依次单击对话框右上角的"应用"和"关闭"按钮,退出对话框,完成字样设定;

(28)调用 Text 命令或 Dtext 命令,以"指定文字的起点"方式定位,字高 200(希望在图纸上的实际高度 4 除以输出比例 1/50),转角分别用光标指定(只要指定一点,该点与定位点连线的方位角就是本的转角)。然后按题图中的内容输入文本;

(29)注写汉字图名,调用 Dtext 命令,以"指定文字的起点"方式定位,字高 350。打开中文输入方式输入汉字。图名后的比例,不能与汉字一起注写。因为相同的字高,数字比汉字要大。所以应分两次注写。数字字高设为 275;

(30)标注标高,参照实验六中的标高符号的块定义和插入方法,先完成标高符号插入。然后调用 Dtext 命令注写标高值(字高为 150。可注写一个后,使用 Copy 命令的多重复制方式,将该标高值复制到其他符号处。然后,用 Ddedit 命令修改相应的标高值。这样,可省略文本注写的重复操作)。

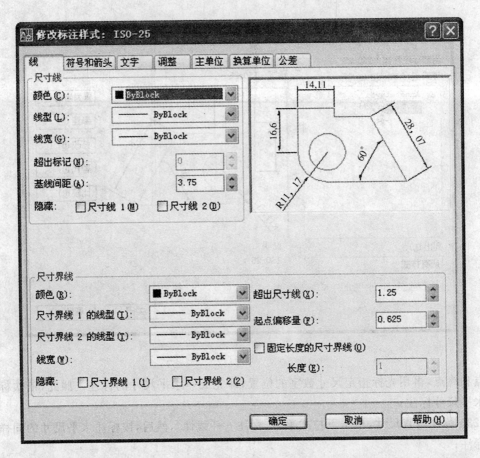

图 7-12

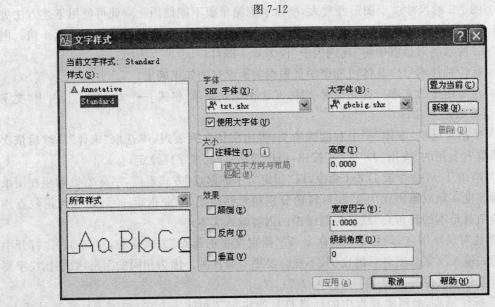

图 7-13

实验八　综合应用——画建筑平面图

一、实验目的

通过实验进一步掌握 AutoCAD 软件各种基本功能及其命令的作法,以及在绘制建筑平面图中的具体应用。

二、实验内容和要求

【内容】

绘制图 8-1 所示的建筑平面图。

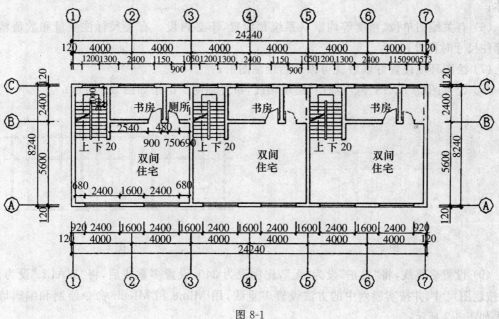

图 8-1

【要求】

1. 以 1∶100 的比例画在 A3 图幅内(A3 图幅框尺寸为 390mm×287mm);

2. 除绘制图形外,还需标注尺寸,轴线编号,文字注释;

3. 应用图层功能,将墙、轴线及其编号、尺寸、楼梯、文字注释、厕所构造等,分别置于相应的层内;

4. 作业完成后,取名 TEST8 存盘。

三、实验指导

（1）设置绘图环境，首先设定绘图界限。在绘图时为了用图形实际尺寸数值输入，所以必须将绘图限界放大为图幅的 100 倍，待输出时，由绘图设备以 1：100 比例自动将限界和图形同时缩小 100 倍，这样就能符合题目要求，据此，在公制画面下，使用 Limits 和 Zoom 命令将绘图限界设置为 42 000×29 700，并将其显示在屏幕内；

（2）下面定义图层及其属性，单击屏幕左上角的"图层"图标，引出"图层特性管理"对话框；

（3）按题目要求，定义 WALL，AXIS，TOILET，TEXT，WINDOOR 五个图层。又根据这五个图层中图形的性质，将 AXIS 层的颜色设为红色，线型设为点划线（Dashdot）；WINDOOR 层的颜色设为紫色；TEXT 层的颜色设为蓝色 TOILET 层的颜色设为青色；

（4）调用 Ltscale 命令设置线型比例为 100；

（5）单击下拉菜单［格式］→［文字样式（S）...］，引出"文字样式"对话框，设置字体为宋体；

（6）有关绘图单位、精度等均默认系统预设置，不必再设。有关尺标注变量和数值精度，待标注尺寸时再设；

（7）绘图环境设置好以后就可以开始绘制图形；

（8）设置图层"AXIS"为当前层，绘制轴线，布置轴网。结果如图 8-2 所示；

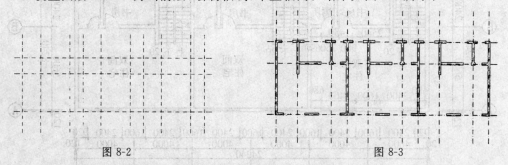

图 8-2   图 8-3

（9）设置多重线，将"对正"设为"无"，比例设为 240，设置多重线后，将"WALL"设为当前层，按题图尺寸，并按实验六中的方法设置多重线，用 Mline 和 Mledit 命令绘制和编辑墙线。结果如图 8-3 所示；

（10）定义和插入窗块，相同尺寸和间隔的窗，可先插入一个后用阵列复制；

（11）用 Line 命令绘制门扇，从墙中点出发，长度为门洞宽度方向均为 900，再用 Arc 命令绘制门弧；

（12）参照实验七楼梯的画法绘制楼梯，并将楼梯定义成 STAIR 图块，然后将 STAIR 以及实验六中生成的 WIN2 图块和 WINDOOR 图块插入到图形中生成如图 8-4 所示的结果；

（13）下面开始绘制厕所，将 TOILET 设置为当前层。用 Line，Pline，Offest 等命令绘制水斗、马桶、浴缸并分别定义成图形块，未注出的细小部分的尺寸，可自行决定。门口用 Line 命令画出厕所与走廊地坪的分界线，用 Bhatch 命令，采用 ANSI37 图案，角度为 45°，比例为

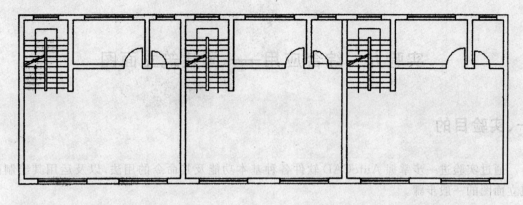

图 8-4

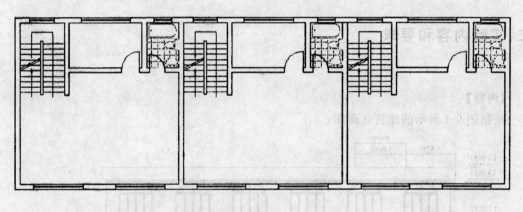

图 8-5

1：2400，填充厕所地坪。结果如图 8-5 所示；

（14）最后将 TEXT 设为当前层，进行尺寸标注，文本和轴线编号，字高用光标指定，其余不变。其中尺寸格式。文字高度为 250，箭头大小为 150。并将文字标注在图形中，结果如图 8-1 所示。

实验九 综合应用——画建筑立面图

一、实验目的

通过实验进一步掌握 AutoCAD 软件各种基本功能及其命令的用法，以及运用其绘制建筑立面图的一般步骤。

二、实验内容和要求

【内容】

绘制图 9-1 所示的建筑立面图。

图 9-1

【要求】

1. 以 1：100 的比例画在 A3 图幅内（A3 图幅框尺寸为 390mm×287mm）；

2. 除绘制图形外，还需标注标高（其他尺寸不注），轴线编号，文字注释；

3. 应用图层功能，将门窗、标高和文字注释、墙体和屋顶等，分别置于相应的层内；

4. 作业完成后，取名 TEST9 存盘。

三、实验指导

(1) 设置绘图环境,首先设置绘图界限。与实验八同理,因输出比例为 1:100,故使用 Limits 命令将绘图界限设置为 42 000×29 700,并用 Zoom 命令将其显示在屏幕内;

(2) 定义图层及其属性。单击屏幕左上角的"图层"目标,引出图层对话框,按题目要求,定义 WALL,ELEV,ROOF,TEXT,WINDOOR 四个图层。并为输出时线宽设置,分别将 WINDOOR 层设置成紫色,ROOF 设置成红色,TEXT 层设着成蓝色,WALL 层设置成白色,ELEV 设置成绿色;

(3) 单击下拉菜单[格式]→[文字样式…],设置字体为宋体,有关尺寸标注变量和数值精度,待标注尺寸时再设;

(4) 绘图环境设置好以后就来开始绘制图形;

(5) 将 WALL 层设置为当前层,用 Line 或 Pline 和 Offest 命令生成墙的轮廓线,墙面嵌条线和窗的定位线(窗台高一般为 900mm)。结果如图 9-2 所示;

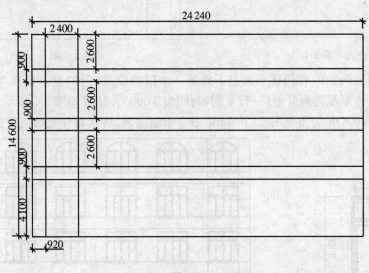

图 9-2

(6) 将 WINDOOR 层设置为当前层,在屏幕空白处,画左右两种窗各一个,窗的尺寸大小详见图 9-3 所示;

(7) 用 Move 命令,将右窗移至立面图左上部第一个窗位置(窗台上方窗的左下角点与定位点重合),然后,用 Array 命令,将该窗作矩形阵列复制(一行 6 列,列应为 4 000)。结果如图 9-4 所示;

(8) 用 Move 命令,将左窗移至立面图左面第二层位置(窗台上方窗的左下角点与定位点重合),然后,用 Array 命令,将该窗作矩形阵列复制(二行 6 列,行距为 3 500,列距为 4 000)。结果如图 9-5 所示;

(9) 绘制台阶,用 Offset,Line 命令绘制,偏移距离为 150;

(10) 在空白处,画门和气窗,尺寸详见图 9-6;

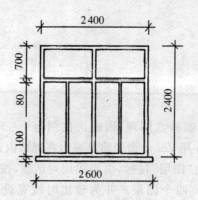
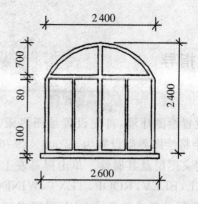

图 9-3

图 9-4

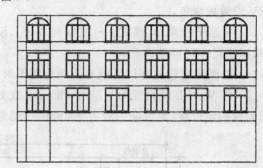

图 9-5

（11）用 Move 命令．将门移至面左下角第一个门的位置（门的左下角点与定位点重合人然后，用 Array 作矩形阵列复制（一行 6 列，列距为 4 000）。结果如图 9-7 所示；

（12）设置 ROOF 为当前图层，用 Line 命令绘制屋顶，将水箱移至确切位置；

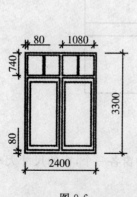

图 9-6

图 9-7

（13）绘制立面线条；调用 Bhatch 命令，进行填充，图案为 AN SI31，比例为 1：500；

（14）修剪和删除辅助线及多余线段，用 Scale 命令，将底部地平地向两端延长，并用 Pedit 命令，将其宽度改为 100，到此图形绘制完成；

（15）将 Elev 设为当前图层。然后参照实验六方法定义和插人标高图块（图块原图应按图中形状绘制，并定义属性。块的插人比例为 1），完成标高的标注；

（16）将 Text 设为当前图层，然后参照实验八方法注写墙面粉刷说明。再参照实验八方法定义和插人轴线编号图块。到此全图完成，得到如图 9-1 所示的结果。

实验十　图纸空间和打印输出

一、实验目的

通过实验进一步理解和掌握图纸空间和模型空间的有关操作,以及图纸打印输出中的一些设置方法。

二、实验内容和要求

运用图纸空间,在一张图纸中,输出实验八中所绘制平面图的不同部分。

三、实验指导

1. 打开实验八中所保存的文件。
2. 通过布局向导建立一个新的布局。
(1) 单击[插入]→[布局]→[布局向导];
(2) 在"创建布局-开始"对话框内输入布局名称"A4"。并点击按钮"下一步";
(3) 进入"创建布局-打印机"对话框后,观察已经配置好的打印机,如果没有安装打印机,可以选择"DWF eplot. pc3",进入下一步;
(4) 在"创建布局-图纸尺寸"对话框内,选择图纸"ISO A4(297.00×210.00 毫米)",并选择毫米为布局的单位。进入下一步;
(5) 在"创建布局-方向"对话框内,选择横向。进入下一步;
(6) 在"创建布局-标题栏"对话框中间的下拉列表中选择无,进入下一步;
(7) 在"创建布局-定义视口"对话框内,视口位置选择"单个",视口比例选择"按图纸空间缩放",进入下一步;
(8) 在"创建布局-拾取位置"对话框中,点击选择位置按钮,在视图区中显示的图纸中用鼠标点取左上方约占整个图纸四分之一的一个矩形框;
(9) 在"创建布局-完成"对话框中,点击"完成"按钮,完成布局的初始设置,得到如图 10-1 所示的结果;
(10) 在刚才确定的矩形内,也就是第一个视口内双击鼠标左键,这时候视口外框将变成粗线,并在视口内显示出坐标系;
(11) 用视图缩放命令(Zoom)命令,选择"比例(S)"选项,并且输入比例 1/300xp,即可以 1：300 的比例将整幅图纸显示在第一个视口中;

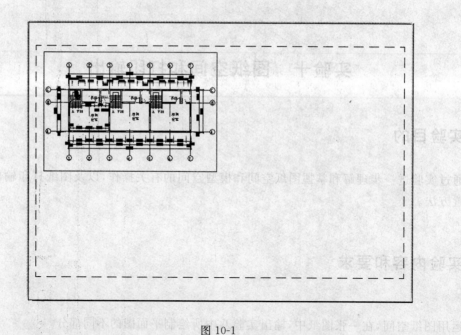

图 10-1

(12) 用平移命令将图形适当平移后,双击视口外侧,回到图纸空间,在图形下方输入文字"1∶300"。即可得到如图 10-2 所示的图形;

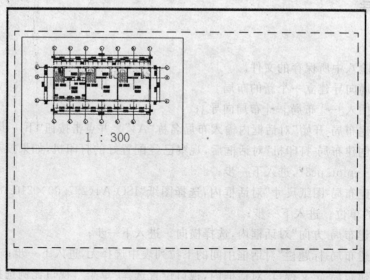

1 ∶ 300

图 10-2

(13) 点击[视图]→[视口]→[新建视口]菜单,在"视口"对话框中,在左侧"标准视口"列表中选择"活动模型配置",确定后,在视图区中点击右侧的与第一个视口差不多大小的区域;

(14) 在第二个视口中双击,使其成为活动视口;

(15) 如图 10-3 所示,在"图层对象管理器"对话框中,点击"显示细节"按钮,将 0、定义点、AXIS、TEXT、TOILET 层均设为"视口冻结";

(16) 用与(11)和(12)步同样的方法,设置第二个视口的缩放比例为 1∶200,并在下方输入文字"1∶200",得到图 10-4 所示的结果;

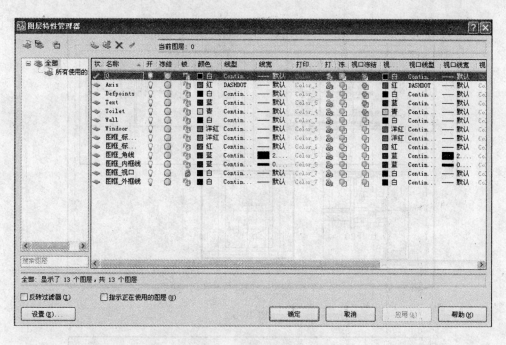

图 10-3

(17) 用"-vports"命令,在左下方确定一个稍小的视口。击活该视口后,用窗口缩放命令将左上角的楼梯显示在该视口中;

(18) 用同样的方法确定第四个视口,将右侧的卫生间放大到该视口。如图 10-5 所示;

(19) 在视图外侧双击后,进入图纸空间。用画圆命令在右下角画一个圆;

(20) 用"-vports"命令,用"对象(O)"选项,选择所画的圆,创建一个圆形的视口;

(21) 双击该视口后,用视图缩放命令将卫生间右下角的洗脸盆放大到该视口内,如图 10-6所示;

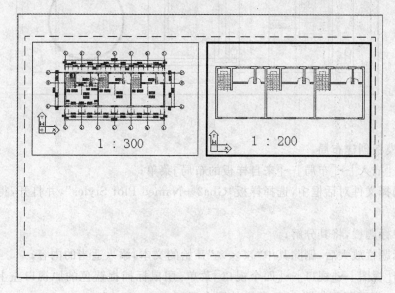

图 10-4

(22) 点击[文件]→[打印预览],观看预览结果。

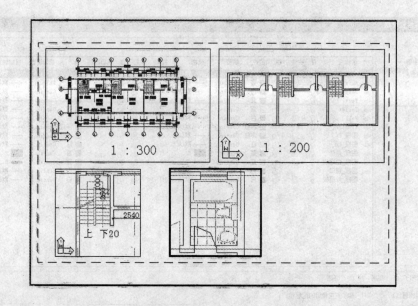

图 10-5

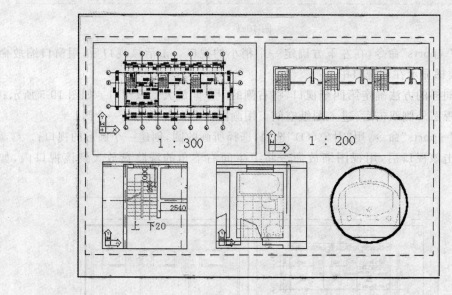

图 10-6

3. 运用模板创建布局。

（1）点击[插入]→[布局]→[来自样板的布局]菜单；

（2）在选择文件对话框中，选择样板"Gba2—Named Plot Styles"，并打开，得到如图 10-7 所示结果；

（3）选中标题栏，将其分解；

（4）将标题栏放大后，删除其中"×××"开始的文本，添入适当的内容；

（5）点击[视图]→[视口]→[四个视口]菜单，用鼠标捕捉蓝色的原视口左上角点和标题框的右上角点，即可得到如图 10-8 所示的四个视口；

（6）用上一例同样的方法设置各视口的缩放比例和显示的内容。左上角视口中比例为 1∶150，右上角视口中以 1∶100 的比例显示 Wall 和 Windoor 图层，下侧的两个视口分别显

— 118 —

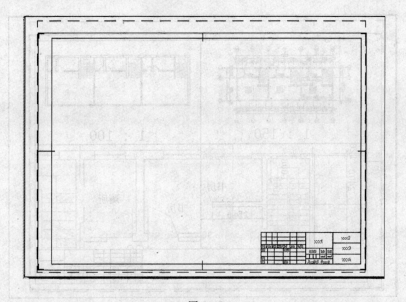

图 10-7

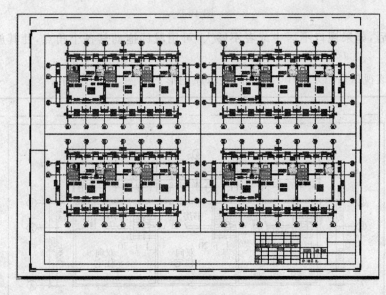

图 10-8

示楼梯和卫生间。如图 10-9 所示；

（7）预览所设置的图纸。

4．练习页面设置。

（1）用鼠标单击视图左下方"布局 1"选项卡，将出现页面设置对话框。如果没有对话框出现，点击［文件］→［页面设置］菜单。或者在"布局 1"选项卡上单击右键，在快捷菜单中，选择"页面设置"；

（2）在"页面设置"对话框中，将布局名改为"A3"，在下方的两个属性页中，选择"打印设备"选项卡，选择"DWF eplot. pc3"为打印机，"Fill patterns. ctb"为打印样式表；

（3）点击"布局设置"选项卡，在该属性页中，设置图纸尺寸为"ISO A3（420mm×297mm）"，图形方向为"横向"，打印区域为"布局"；

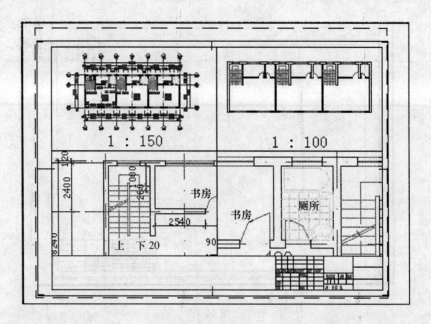

图 10-9

（4）确定后，如果视口不居中或者不够大，可用鼠标拖动其各个角点，使其放大后位于图纸中央；

（5）激活该视口后，以 1：100 的比例显示原图形。如图 10-10 所示。

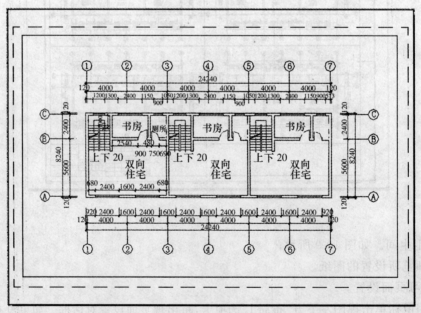

图 10-10

第三篇　实验习题

3.1 操作习题

在练习中的栅格,间距 0.5×0.5

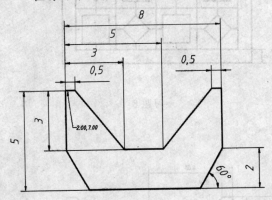

习题 1

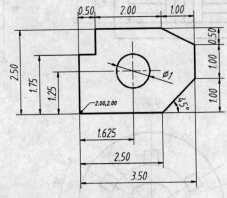

习题 2

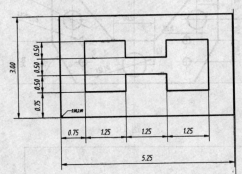

习题 3

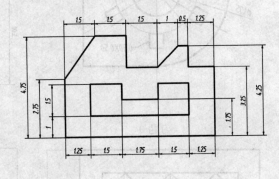

习题 4

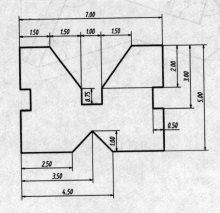

习题 5

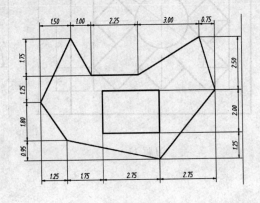

习题 6

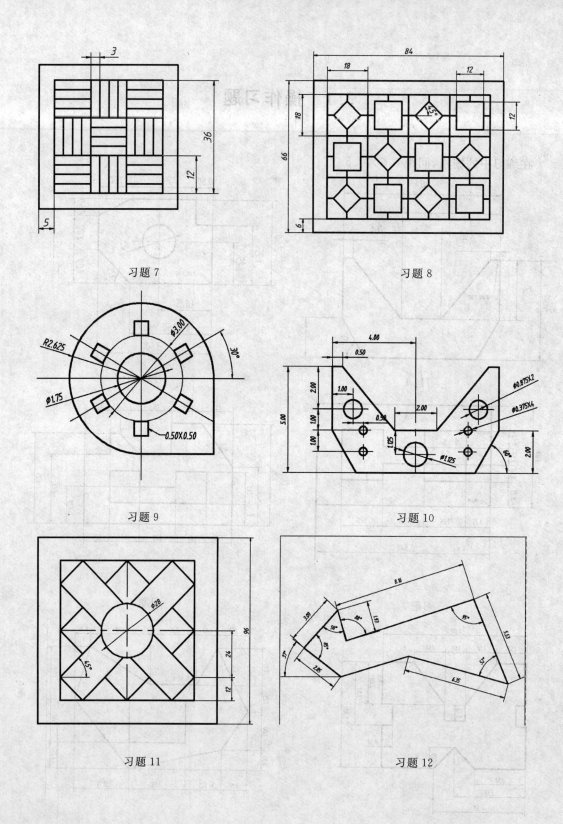

习题 7

习题 8

习题 9

习题 10

习题 11

习题 12

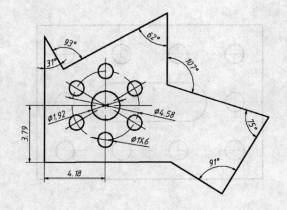

习题 13

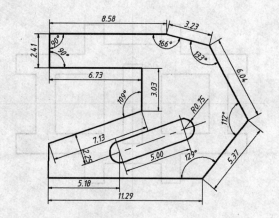

习题 14

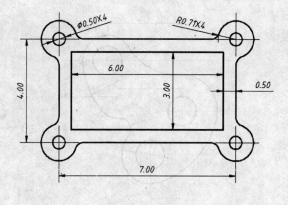

习题 15

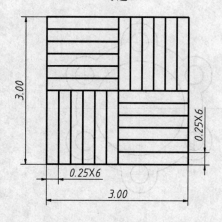

习题 16

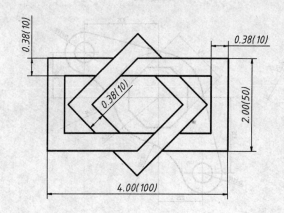

习题 17

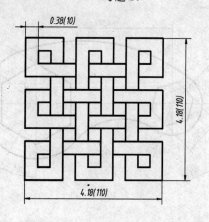

习题 18

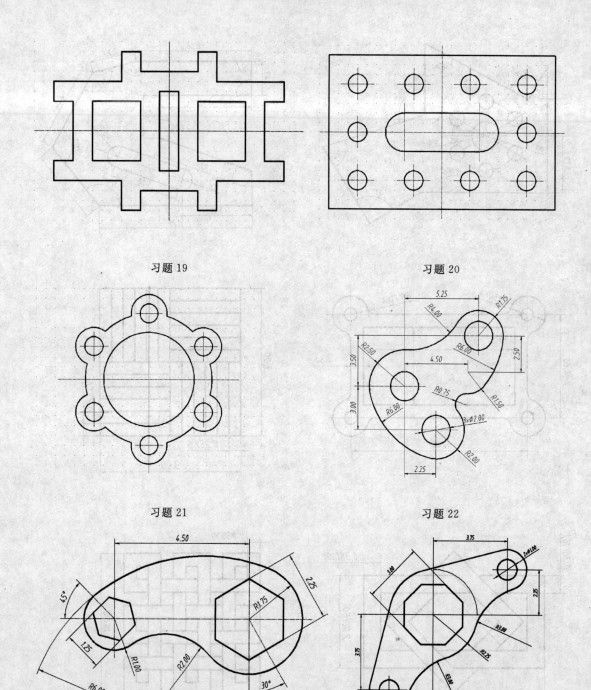

习题 19　　　　　　　　　　　　习题 20

习题 21　　　　　　　　　　　　习题 22

习题 23　　　　　　　　　　　　习题 24

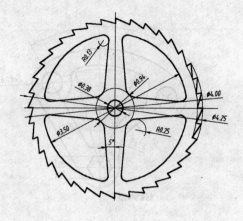

习题 25

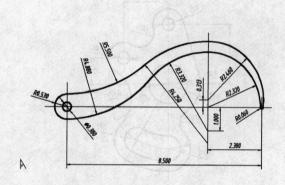

习题 26

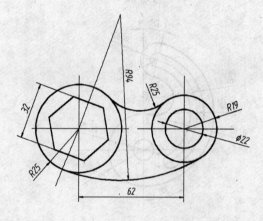

习题 27

习题 28

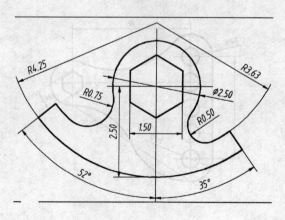

习题 29

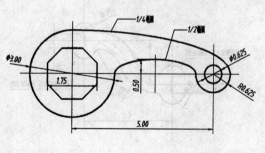

习题 30

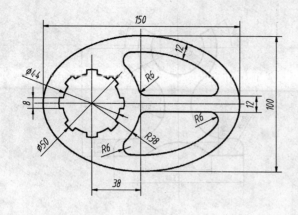

习题 31

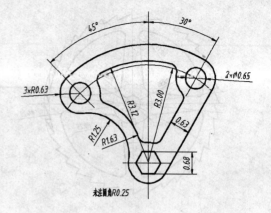

习题 32

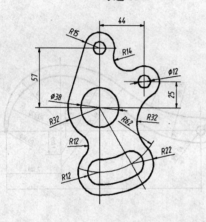

习题 33

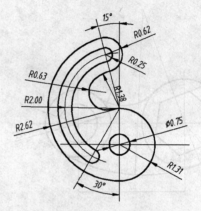

习题 34

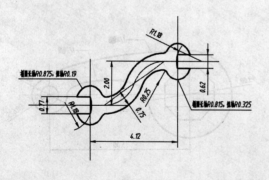

习题 35

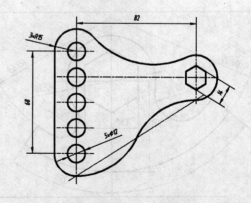

习题 36

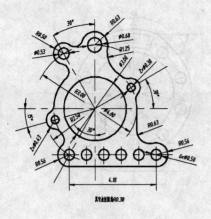

习题 37

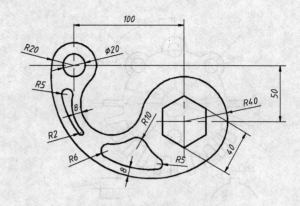

习题 38

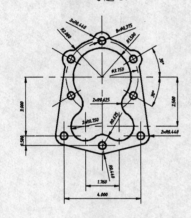

习题 39

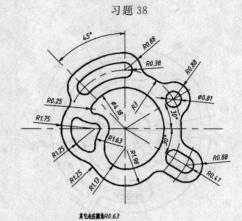

习题 40

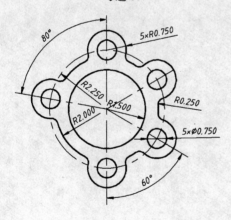

习题 41

习题 42

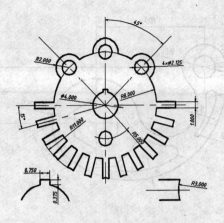

习题 43

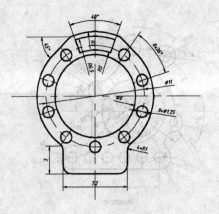

习题 44

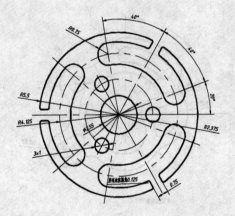

习题 45

3.2 笔试习题

1. 当绘制圆、圆弧和椭圆等图形时，Dragmode 命令被设置为 Auto 时，会出现什么现象？

2. 当 Dragmode 命令是 Off 时，会出现什么现象？

3. 为什么在画一幅图形之前要进行导向设置。

4. 什么是模板？模板的作用是什么？模板文件的后缀是什么？为什么要和图形文件的后缀不同？

5. 为什么要进行绘图区域界限的设定？目的是什么？

6. 在用 Grid 为绘图区域设定网格的时候，常常是网格不能充满整个绘图区域，为什么？

7. 能否设置长和宽不同的网格，如何设置？

8. 何为透明命令，透明命令的作用是什么？它有什么优点？

9. 什么是正交方式，正交方式有什么好处？

10. 什么是网格捕捉，在什么情况下用网格捕捉比较方便？

11. 如何对图形屏幕和文本对话框进行切换？

12. Grid 命令的用途是什么？如何快速切换栅格的开和关？

13. 哪个键与 Ctrl 连用能够打开坐标显示特性？

14. 坐标显示的是什么内容？

15. 什么键和 Ctrl 连用能控制所有直线只能以垂直和水平方式画出来？

16. 什么是绝对坐标？什么是相对坐标和极坐标？

17. 什么是点捕捉？点捕捉的优点是什么？

18. 什么是点过滤？为什么要用点过滤？

19. 如果要过滤某一点的(X，Y)坐标，应如何输入？该点又如何获得？

20. 用什么方法可以使重新输入上一个已输入命令既快又简单？

21. 当使用 Line 命令封闭多边形时，最快的方法是什么？

22. 描述 Mtltiple 命令的用途。

23. Undo，U，Oops 命令的区别和相同点是什么？

24. 在键盘上如何快速地输入像 Line，Erase 和 Zoom，Pan 等命令。

25. 说出两种输入 Rectang 命令的方法。

26. 用 Divide 命令等分线段时，线段上不显示等分点，这是什么原因？如何解决？

27. 使用 Line 等命令画图时有时要使用@符号，该符号的用途是什么？

28. 用 Polygon 命令画正多边形时下列各个选项的作用是什么？"边（E）"、"内接于圆（I）"、"外切于圆（C）"。

29. 在画圆弧操作中，其正负半径和正负圆心角的含义是什么？

30. 如何绘制直线段与弧线连接或弧线段与直线连接？

31. 简述以下生成圆的方法："两点"、"三点"、"相切、相切、半径"。

32. "圆弧"命令中的"连续"的用途是什么？

33. 解释 Donut 命令的用途？

34. 为了使一条线通过圆的中心点,需要捕捉圆心,靶框需要碰到圆的什么部位?

35. 用 Point 命令画出的点,该用什么特殊点捕捉方法?

36. 当输入 Erase 命令后,AuroCAD 要求用户做什么?

37. 空间交点(Apparent Intersect)捕捉的功能是什么? 它和交点(Intersect)捕捉的区别是什么?

38. 用什么命令来删除屏幕上的构造点?

39. 当选择对象时,如何围绕一个图形开一个窗口?

40. 如果错误地删除了一个对象,将如何恢复它? 如果在删除对象之后画了其他图形,这种方法是否有效?

41. 在使用 Erase 命令时,如何使已被选取的图形中的一部分保留不被删除?

42. 用什么方法删除用户画的最后一个对象最快?

43. 如果用户要画水平线或垂直线用什么方法比较方便?

44. 为了使一条线捕捉到圆的中心点,靶框需要碰到圆的什么部位?

45. Time 命令的用途是什么?

46. 解释 Savetime 命令的用途?

47. 何时使用捕捉特征? 何时关闭捕捉特征?

48. 如何设置捕捉特征使十字光标在水平方向上和垂直方向上移动的距离不相同?

49. 解释如何使栅格、捕捉和十字光标旋转 45°?

50. 如何使"草图设置"对话框出现?

51. 使用"草图设置"对话框的益处是什么?

52. Redo 命令的作用是什么?

53. 解释如何快速恢复或取消用户的最后五种操作。

54. 解释 Undo 命令中的"自动(A)"、"标记(M)"、"后退(B)"选项的用途。

55. 当 Undo 命令中"控制(C)"设置在"一个(O)"时 U 命令能否使用或停用? 为什么?

56. Chamffr 命令的功能是什么?

57. 使用 Break 命令和使用 Erase 命令的区别是什么?

58. 如果要断开一个圆或圆弧,在输入点时是按顺时针方向还是逆时针方向移动? 如何设置 FILLET 半径?

59. 当你存储工作结束并退出 AutoCAD 后对 LLET 半径是改变还是保持不变?

60. 通过设置 Filletchamfer 为 0 时能完成什么工作?

61. 解释 Offset 命令的用途?

62. Chamfer 命令中的"角度(A)"选项和"距离(D)"选项有何不同?

63. 解释 Move 命令和 Copy 命令不同之处。

64. Dragmode 是如何影响 Move 和 Copy 命令的?

65. 在 Mirror 操作期间,能否以任意角度输入镜像线? 并加以解释。

66. 说出阵列的两种类型?

67. 当生成一个极坐标阵列时,是否能选择小于 360°? 请加以解释。

68. 解释 Stretch 命令的用途。

69. 使用 Scale 命令,需要输入什么数据才能使对象增大 50%? 增大到现在尺寸的 3 倍? 减小到现在尺寸的 0.5 倍?

70. 解释如何动态变化一个对象,使它增大或减小?

71. 能否动态旋转一个对象?

72. 如何精确控制对象按顺时针方向旋转 900°角。

73. 解释 Trim 命令的用途。

74. 描述 Extend 命令在什么情况下有用?

75. 使用 Lengthen 命令,如何改变圆弧的长度?

76. 当使用夹点(或称界标点)时,什么编辑功能是适用的?

77. 解释为什么 Zoom 命令很有用。

78. 描述下列各个 Zoom 选项:"全部(A)"、"中心点(C)"、"动态(D)"、"范围(E)"、"比例(S)"、"窗口(W)"。

79. 解释什么是屏幕重新生成。

80. Regen 命令和 Redraw 命令有何区别?

81. Zoom 命令和 Scale 命令有何区别?

82. 说明为什么 Pan 命令很有用处?

83. 能否用滚动条斜向进行移屏?说明为什么?

84. 说明 View 命令很有用处。

85. 怎样列表显示所有命名的视图?

86. 在执行 Zoom 命令的"动态(D)"选项时,屏幕上的虚线代表什么?

87. 试述 Zoom 命令中"比例(S)"中用 2 和 2X 表示放大倍数的区别。

88. 怎样把一个视区设置为当前视区?

89. 在什么情况下需要解除对一个文件的锁定?

90. Audit(核查)命令的基本功能有那些?

91. 怎样使 AutoCAD 的 Recover(修复)命令发挥作用?

92. 描述下列 Dtext 命令的选项:"指定文字起点"、"对正(J)"、"样式(S)"。

93. 使用 Mtext 命令会有什么好处?

94. 说明 Dtext 命令和 Mtext 命令的区别,分别给出两种情况,使得两个命令各得其所。

95. 描述使用 Change 命令的情况下,你可以对文本进行哪些修改?

96. Ddedit 命令怎样才会允许你对标准文本进行编辑?

97. 怎样才能使 Ddedit 命令允许你对多行文字进行编辑?

98. 列出至少三个在你使用 Mtprop 命令时可以修改的特征的名称。

99. 如果你输入的文本是 72%%d,其结果会是什么?

100. Limits 命令的作用是什么?

101. 一般在什么情况下使用 Ltscale 命令?该如何设置它?

102. 为什么以及何时你需要冻结一个图层?

103. AutoCAD 的图层的属性有哪些?图层的关闭和冻结有何异同?

104. 在 AutoCAD 中只能对当前层中的图元进行绘制和编辑操作。这种说法是否正确?为什么?

105. 某一个图元确定是位于某一圈层中,当我们改变了图层的颜色后,发现该图元的颜色没有改变,这是为什么?怎样才能确保图元的颜色与图层的颜色保持一致?

106. Color 命令的用途是什么?

107. 锁定图层的目的是什么？

108. 如果你偶然错把图形画在其他图层上，如果不删除和重画，怎样纠正你的错误？

109. 如果用线型名称为 Hidden 的线型画线段，但发现画出的线段看上去像是实线，这是什么原因引起的，如何解决这个问题？

110. 试述移动（Move）命令和视图移动（Pan）命令的区别。

111. 矩形阵列中的行距和列距是指哪些距离？当行距为负值时，复制的实体排列在原实体的哪一边？当列距为负值时，复制的实体排列在原试题的哪一边？

112. 解释 Trim 命令的用途及其特点。

113. 用 Break 命令断开圆和圆弧时有什么规定？

114. 试述用 Fillet 命令对圆弧和圆进行修圆时，有什么区别？

115. 用 Chamfer 命令倒角时有哪几种方法？应注意什么主要问题？

116. 使用 Lengthen 命令如何改变圆弧和多义线的长度？

117. 基线型尺寸标注和连续型尺寸标注有什么不同？

118. 什么时候会用到坐标型尺寸标注？

119. 工程标注主要包括哪几个方面？

120. 对图形进行标注时，应遵守什么过程？

121. 在进行尺寸标注以后，发现不能看到所标注的尺寸义本，这是什么原因引起的？如何解决？

122. 如何设置单位及尺寸以及公差的精度？

123. 何谓尺寸标注的关联性？

124. 如何决定 Dimscale 设置？

125. Tolerance 命令和 Leader 命令有什么相似之处？

126. Fill 命令与 Trace 和 Solid 两个命令一起使用，这样做的用途是什么？如何实现？

127. 使用 Trace 命令的一个缺点是什么？

128. 如何使用 Solid 命令画一个实心三角形？

129. 能否使用 Solid 命令画曲线对象？

139. 简要描述以下各个 Pline 选项："圆弧（A）"、"闭合（C）"、"半宽（H）"、"长度（L）"。

131. 要描述 Pedit 命令的以下各个选项；"闭合（C）"、"合并（J）"、"宽度（W）"、"编辑顶点（E）"、"拟合（F）"、"样条曲线（S）"、"非曲线化（D）"等。

132. Explode 命令对多义线的重要性何在？

133. 如果多义线线宽不为 0，那么 Explode 对它有何影响？

134. 删除多义线的一小段（小于一个图元）是否是可能的？加以解释。

135. 描述以下系统变量 Splinetype。

136. 输人 Splinedit 命令并选择"精度（R）"，然后再选择"添加控制点（A）"，你可以完成什么编辑功能？

137. 用什么命令可以找出坐标点？

138. 用什么命令可以测出两点间的距离？

139. 用 Area 命令会产生什么信息？

140. 用 List 命令会产生什么信息？

141. 如何计算多边形的周长？

142. 如何找出一个圆的周长？

143. Mersure 命令和 Divide 命令有何区别？

144. 简要描述图形块的用途。

145. 解释如何使用 Insert 命令。

146. 你如何才能列出一个图形文件中所定义的图块？

147. 一个图块名称可以用或不用星号前缀进行插入，描述二者之间的区别？

148. 解释 Wblock 是如何工作的？

149. 什么是"分解一个图块"，它的作用是什么？

150. 解释属性模式"不可见(I)"、"固定(C)"、"检测(V)"和"预置(P)"。解释生成和存储属性的用途。

151. 简要描述下列 Hatch 样式选项："外部(O)"、"忽略(I)"。

152. 使用外部引用有哪些基本的好处？

153. 如何建立一种新的字样？

154. 是否能在一幅图形中设置具有不同字体的文本？如果不能，应该怎么做？

155. 在 AutoCAD 中进行屏幕显示放大操作时。有财会发现某些曲线（如圆、圆弧等）显示成折线形状，试问这是什么原因引起的？如何解决？